El fantasma de Hillcomb Hall

Romance arcano, Volumen dos

Joshua Ian, Ana Compañy Martínez (Traductora)

Moody Boxfan Books

Contents

El fantasma de Hillcomb Hall

Inglaterra, 1910

Un trueno sacudió el cielo y las gruesas nubes, manchadas de gris como una advertencia, se apretaron unas contra otras cubriendo el firmamento, inminentes y amenazadoras. Cuando la lluvia empezó a caer, lo hizo en torrente, una gran pared de agua que los rodeaba bloqueándoles la vista y dejándolos casi en la oscuridad.

Con la lluvia, Jonas Laurence se felicitó por su buen juicio al haber pedido un coche con techo. Suspiró, frustrado por la repentina penumbra, cerró el libro que tenía en las manos, *Regalos para el Sheikh*, y lo dejó a su lado en el asiento. No se sentía capaz de concentrarse en la lectura en ese momento, en nada, y se sentía abatido. Normalmente, en ese punto de un posible trabajo, tendría la cabeza llena de ideas y posibilidades para los terrenos del cliente. Cómo transformar algo, implementar las nuevas técnicas que había aprendido, las chispas de la inspiración mientras interpretaba sus últimas obsesiones en materia de arte, moda o arquitectura en flores, arbustos, vallas y decoraciones. Su reputación como diseñador de jardines era excelente en todos los círculos que trataban tales asuntos gracias a sus aptitudes artísticas. Pero no tenía espacio en su mente en ese momento para reflexiones de esa naturaleza.

A pesar de su esfuerzo por ignorarlo, Pearson y la manera en la que había enmarañado la relación consumían sus pensamientos. El viaje resultaba especialmente solitario sin Pearson, que a menudo lo acompañaba, fingiendo ser su socio o, con más frecuencia, ayuda de cámara o acompañante, lo que les permitía muchos más momentos de intimidad cuando hacían noche. Y tener un ayuda de cámara cuando visitaba aristócratas lo hacía parecer uno de ellos o, al menos, alguien que lo intentaba, lo que en la mayoría de los casos era suficiente para satisfacer el esnobismo de sus clientes. Desde luego, en Londres eran discretos, pero entre sus conocidos y amigos más allegados no había engaño alguno sobre su relación. Fuera de la ciudad, uno tenía que andarse con más cuidado. Miró donde había dejado el libro y se imaginó a Pearson sentado allí. En cualquier otro viaje, Pearson habría estado leyendo a su vez o estudiando a Jonas con una sonrisilla burlona en los labios. Pero ya no. Pearson había rechazado su invitación a ese trayecto, un último intento de reconciliación por parte de Jonas, y le había informado de que ya no estaría a su vuelta. Pearson se había buscado su propia vivienda, sin decirle dónde, y lo único que esperaba a Jonas era una casa vacía y un hogar frío. Por lo tanto, las semanas de viaje eran una tarea mucho más solitaria.

El coche se hundía y se sacudía, intentando maniobrar por la carretera, ahora de barro. Jonas se inclinó hacia delante para sugerir que pararan y esperar a que pasara la tormenta cuando vio a Donaldson, el conductor, tirar de la palanca de dirección y gritar «¡Tranquilo!», como si riñera a un caballo asustado. El coche viró de golpe y frenó con brusquedad, lanzando a Jonas hacia un lado.

Miró por la ventana lateral del vehículo mientras Donaldson salía del automóvil. Jonas vio que la rueda izquierda delantera del automóvil se había hundido en un agujero en la carretera, que se estaba llenando de agua embarrada.

—¿Estamos atascados? —gritó—. ¿Puedo ayudar a empujar?

Se estremeció para sus adentros. ¿Cómo quedaría aparecer en la gran residencia de sus nuevos clientes calado y cubierto de barro?

—Será solo un momento, señor —le respondió a gritos Donaldson, con cataratas de lluvia cayendo por su sombrero—. Hagamos algo de palanca, ¿de acuerdo?

El coche se sacudió y Jonas se dejó caer en el asiento con un suspiro. La lluvia que seguía cayendo resultaba amenazadora por algún motivo. Había oscurecido el cielo y eliminado cualquier indicio del maravilloso día de principios de verano del que habían disfrutado hasta el momento. Culpaba a su socio del estudio de arquitectura, Derrick, de esta estancia particularmente triste. Los habitantes de Hillcomb Hall estaban emparentados de alguna forma con su mujer. Jonas admitía que no había escuchado con mucha atención cuando Derrick le había recitado la aparentemente interminable lista de parientes. Al parecer, tenía parentela, noble o no, repartida por todos los rincones de Inglaterra. A la cabeza de esta familia se encontraban el «primo Graham» y su mujer, Vita, con las madres de ambos en la casa. El «primo Graham» era, por supuesto, Graham Benson Grey, v Conde de Stanley, Vizconde Nicolson. Sonaba encantador en una tarjeta de visita, claro, pero a Jonas, sinceramente, no podía importarle menos el título. Siempre y cuando tuvieran un brandy decente a mano.

El propio Derrick los consideraba extravagantes, al parecer, y decía que el tiempo que había pasado con la familia le había dejado una sensación extraña que preferiría no repetir. Su única sugerencia sobre el proceso de diseño en sí que Jonas iba a desarrollar había sido un laberinto vegetal en el cual, esperaba, uno pudiera perderse durante días, o «para siempre, si había suerte».

El automóvil dio un brinco y Jonas rebotó sobre el asiento.

—Válgame Dios —exclamó, aferrándose al marco de la puerta. El coche se sacudió y dio un bandazo hacia delante.

—Ya está, señor —gritó Donaldson mientras lo rodeaba al trote y saltaba al siento del conductor, empapado—. Dios aprieta, pero no ahoga.

Jonas se recostó en el asiento, mirando la lluvia.

—Eso está por ver, Donaldson —dijo, enarcando una ceja.

El conductor soltó una risilla mientras redirigía la monstruosa máquina hacia la carretera.

Hillcomb Hall parecía una enorme atrocidad medieval, como pudo ver Jonas conforme el coche avanzaba por la larga y serpenteante carretera de entrada que cruzaba la finca. En realidad, no databa de hacía más de uno o dos siglos, pero la habían construido con la clara intención de resultar imponente, con un estilo historicista. Un bosque profundo, cuyos árboles variaban en especie y tamaño, rodeaba la casa sin llegar a acercarse, pero consiguiendo bloquear gran parte de la luz solar. La carretera de entrada, empapada por el torrente y emitiendo un molesto sonido de deslizamiento bajo las ruedas del coche, se abría camino entre una arbolada de ancianos troncos apiñados. Por los planos que había visto, Jonas sabía que detrás de la casa se encontraba un área de campo abierto que llevaba a un lago, pero por delante, toda la propiedad parecía

cercada, aislada del resto del mundo y profundamente ensombrecida, como el castillo decrépito de
un cuento. Aunque la lluvia había amainado por fin
y apenas era media tarde, la casa reposaba en lo que
parecía una burbuja de noche. Una enorme capa
de bruma abrazaba el terreno y la casa casi parecía
flotar a la vista.

Era una escena sombría y desoladora que recordó
a Jonas la profunda soledad que sentía desde hacía
un tiempo.

—Espeluznante —murmuró Donaldson, en voz
más alta de lo que pretendía—. Discúlpeme.

Jonas inclinó la cabeza y pensó que él no podría
haberlo dicho más claro si quisiera. Espeluznante,
exactamente, y además sobrecogedor. Se preguntó
cómo se suponía que iba a diseñar un jardín que
fuera a darle vida o alegría o luz a tan deprimente
montón de piedras.

La casa era de piedra gris con diseños intercala-
dos en yeso marrón amarillento. Jonas suponía que
en algún momento habrían sido alegres y habrían
añadido algo de profundidad, pero con el tiempo, se
habían diluido en una fachada cohesiva de monotonía. Incluso los bancos de madera que ocupaban
porches y senderos habían absorbido el clima y el
tiempo hasta volverse lóbregos y descoloridos. En
conjunto, resultaba inquietante. El sitio al completo
era como el daguerrotipo descolorido con manchas
de agua de una reliquia abandonada que se hubiera
arrojado al tiempo, descomponiéndose.

En la parte delantera de la casa había un voladi-
zo de piedra que parecía más nuevo que lo que lo

rodeaba. Era como un porche por el cual un carruaje podía acercarse a la entrada, visible al final de tres grandes portalones en arco. Con la aparente tendencia que la zona tenía a los diluvios, Jonas lo consideraba un añadido muy inteligente.

A través de los arcos pudo ver la puerta abierta y por el marco apareció un hombre, cual espectro saliendo de entre las sombras. No parecía que se hubiera movido la puerta, sino más bien que se hubiera materializado delante de la casa con la alta y delgada criatura esperando a un lado. Se preguntó si el hombre podría abrir los brazos y desaparecer de repente en la oscuridad como por arte de magia. Sacudió la cabeza, recordándose que tenía que mantener su imaginación a raya. Sin duda, había leído demasiados libros en el asiento trasero durante sus viajes. Estaba en una encantadora gran casa señorial tras una tormenta, nada más. Sin embargo, conforme el coche frenaba, no podía evitar el mal presentimiento que empezaba a nacer en su interior. Miró el denso bosque que lo rodeaba y estudió los árboles, intentando convencerse de que no tenía motivos para sentirse así.

El hombre de la puerta era el mayordomo, evidentemente. De cerca, parecía menos una extraña aparición que un hombre de mediana edad de aspecto distinguido. Era adusto, pero más impasible que arisco, y Jonas sintió alivio. Se dio cuenta de que se había estado preparando para que lo recibiera un hombre gargóleo salido de *El castillo de Otranto*. El mayordomo parecía, eso sí, como la propia casa, terriblemente descolorido. A pesar de no tener edad, su pelo era canoso, su piel, pálida y ceniza, y sus ojos, más fríos que azules.

Cuando salió del coche, Jonas se sobresaltó por un repentino y estridente chillido que venía del bosque y sonaba como el grito de horror de una mujer. Intentó no dar un respingo, pero no pudo evitar mirar hacia atrás, agitado.

—Disculpe el ruido, caballero—dijo el mayordomo—. Son los zorros. Los señores no gustan de las cacerías, así que los animales se han hecho con el bosque.

Jonas reconoció entonces el sonido que había oído tantas veces y se sintió estúpido por haberse asustado.

—Claro —dijo—. No tengo la mente muy despierta tras la monotonía del viaje.

—Normal. Soy el señor Avery. A su servicio, señor.

Jonas asintió como saludo conforme Avery se giraba hacia Donaldson.

—Patrick, el primer caballerizo, lo está esperando para enseñarle dónde guardar el coche y lo que necesite.

—¿Dónde, jefe?

—Justo allí —dijo Avery con un tinte de enfado en la voz. Señaló hacia delante del automóvil—. Al final del *porte-cochère.*

—¿El *port* qué? —preguntó Donaldson conforme giraba la cabeza—. ¡Caramba! No lo había visto con la niebla.

Jonas siguió su mirada y vio, esperando al final de la puerta de carruajes, un hombre algo joven con unos bastos pantalones de tweed y la camisa por fuera. Sus ojos intensos, casi salvajes, y sus rasgos duros y atractivos le recordaron a Heathcliff en los páramos, con la niebla arremolinándose entre sus botas. No llevaba la ropa adecuada para el aire frío que había traído la tormenta, pero parecía lo suficientemente sólido y sano para aguantarlo. Jonas compartió la sorpresa de Donaldson, pues el hombre parecía haber salido de la nada.

—Sí, es bastante densa, ¿no es así? —aportó Jonas, vago.

—Es por la inclinación del terreno, señor —explicó Avery—. Estamos en un valle y el clima tiende a acumularse. ¿Entramos?

Capítulo 2

—Su señoría no tardará mucho —dijo el señor Avery mientras tomaba el sombrero y el abrigo de Jonas.

El vestíbulo principal era largo, con techos altos y escasa decoración. Hacia el extremo más alejado de la entrada había dos mesas a juego a cada lado del pasillo, junto a sendas puertas que llevaban a otras alas de la casa. Un par de grandes tapices cubrían la longitud de las paredes, pero no hacían mucho por reducir el espacio y todavía menos por contrarrestar el frío del aire. Al fondo, una enorme escalera imperial hacia las plantas superiores dominaba el espacio. Jonas la recorrió con la mirada y se paró de golpe en el descansillo. Ahogó un grito de asombro.

Allí había un cuadro enorme que parecía tener la altura de dos personas o incluso más. Era el retrato de un hombre, uno de asombrosa belleza. Su cabello oscuro era algo corto y algunos mechones sueltos le caían por la frente y se le rizaban en la nuca. Tenía la piel morena, con la mandíbula y los pómulos prominentes, los labios gruesos y la nariz llamativa; rasgos que, de hecho, parecían esculpidos por un artista más que concedidos por Dios. Pero lo que más le llamó la atención a Jonas fueron los ojos. Parecían vivos, no simples charcos de óleo y pigmento, sino vigilantes, atentos, astutos de alguna manera. Los ojos parecían clavársele. Le dio un escalofrío que lo recorrió hasta las rodillas.

Apartó la mirada de golpe y se estaba frotando las manos para al menos entrar un poco en calor cuando oyó unos pasos y los tonos discretos de unas voces femeninas. Por una entrada que había junto a una mesa apareció un trío de mujeres de alturas descendentes. Se quedó asombrado con la más alta de ellas, cuyas facciones eran anchas y hermosas y que se movía con una elegancia real, como si gobernara todo lo que alcanzaba su vista. Debía de ser la madre del conde. La forma en la que las tres se movieron hacia él, al unísono, sus pasos a la par, hizo que le asaltara un pensamiento sobre las Grayas de la mitología. Solo que estas eran todas guapas, no arrugadas y grotescas, así que probablemente el pensamiento se debiera al nombre familiar. O, quizás, se le ocurrió mientras se tiraba con inquietud del chaleco para eliminar las arrugas, era la forma en la que lo observaban, todas a la vez, fijamente, como las tres hermanas que compartían un ojo entre las tres, astutas y que todo lo ven al mismo tiempo. Esperaba que no compartieran también un diente para devorar.

Volvió a levantar la mirada hacia el retrato y le pareció que algo en su expresión se burlaba de él, si eso fuera posible.

—Ah, el señor Laurence, supongo —dijo la más alta de las mujeres—. Esperábamos con ganas su visita. ¿Ha sido el tiempo muy desagradable?

—Brevemente —contestó.

—Bien. Permítame que nos presentemos. Soy la condesa viuda de Stanley y esta es mi nuera, la muy honorable condesa de Stanley, Victoria Adalyn Grey. —Señaló a la más joven de las dos mujeres que la acompañaban.

—Lady Stanley —dijo Jonas, con una inclinación de cabeza.

—Y ella es la muy honorable vizcondesa viuda de Aldrange, Flora West Lytheton, la madre de Lady Stanley.

Jonas volvió a inclinar la cabeza y sonrió ampliamente.

—Lady Aldrange. Es un placer conocerlas.

—Mi suegra puede parecer regia en ocasiones, una cualidad que admiro en gran medida —añadió la joven Lady Stanley con una inclinación de cabeza hacia la condesa viuda—. Sin embargo, en verdad no somos muy ceremoniosos, señor Laurence. Por favor, llámeme Vita, ¿de acuerdo? Lo hace todo el mundo. Mamá me bautizó Victoria por nuestra querida reina, desde luego, pero creo que Vita me es más adecuado.

—Vita, entonces, con mucho gusto. Pero solo si me devuelve el favor y me llama Jonas. Cuando oigo hablar del señor Laurence pienso en mi padre muy pagado de sí mismo con su chaqueta de tweed.

Vita sonrió.

—Sí, sé exactamente a qué se refiere. Estamos de acuerdo, entonces.

Jonas asintió.

—Hemos pedido el té en la salita —dijo Lady Aldrange—. ¿Se unirá a nosotras?

—Con mucho gusto. Me vendría bien una taza muy caliente ahora mismo.

Era una salita amueblada con opulencia, con ventanas anchas y altas, y Jonas se alegró de ver que algo de sol había conseguido abrirse paso entre las nubes de tormenta, haciendo que la sala pareciera mucho menos lúgubre que el vestíbulo. En cuanto se hubieron sentado, aparecieron dos doncellas cargando bandejas con té, pastelillos y canapés.

Las damas miraron cómo Jonas levantaba su taza, que la condesa viuda le había servido, y elegía un canapé. Se recostó en la silla, removió el té y, dejando la cucharilla a un lado, esperó a que las damas se sirvieran entre ellas. La condesa viuda le sonrió y asintió hacia las demás mientras les servía sus propias tazas. Hablaron un poco sobre los canapés y los pastelillos y el tiempo antes de que la condesa viuda lo estudiara con una mirada astuta.

—Su apellido, señor Laurence. Utiliza la versión francesa, ¿no es así? ¿Es debido a su ascendencia? —preguntó.

Jonas dio un sorbo de té, pensando su respuesta.

—Mi abuelo era francés, sí. Y su hijo se casó con una mujer turca, de hecho. Así que supongo que soy una especia de amalgama.

—Ya lo veo, sí —dijo Lady Aldrange—. Tiene usted un aspecto exótico.

—¿Es eso cierto?

Vita abrió un poco los ojos.

—Sin ánimo de ofender, señor Laurence —añadió con presteza la condesa viuda.

—No me ofendo, señoría —dijo Jonas—. No me avergüenza mi parentesco ni cómo he llegado al lugar en el que estoy en la vida. Pero las personas de cierta clase, si me lo permiten, no suelen hacer comentarios sobre el tema. —Vita sonrió al escucharlo y se llevó la taza a los labios para ocultarlo—. Pero supongo que la mayoría de las familias aristocráticas solo ven lo que quieren ver, a pesar de lo que pueda resultar obvio. —Hizo una pausa—. Sin ánimo de ofender, desde luego.

La condesa viuda se rio.

—No me ofendo para nada, señor Laurence. Espero no haberlo ofendido en demasía. Verá, de hecho, nuestro interés es de gozo y no de juicio. Podrá comprobar que, en lo que a nuestros iguales en la sociedad se refiere, se nos considera un poco rebeldes.

—O peculiares, depende de a quién le pregunte —añadió Lady Aldrange—. De hecho, apuesto que le parecerá extraño que la madre de la esposa viva en la casa familiar tan cómodamente.

Jonas negó con la cabeza.

—Desde luego que no, señora.

En realidad, se había sorprendido cuando Derrick le había hablado de los habitantes de la finca. No por su propio gusto personal, sino porque sabía que no era habitual en familias como aquella. Cada uno tenía su lugar, por muy inconveniente que fuera en realidad.

—Verá, una vez falleció mi marido y la finca pasó al hermano de Vita, tuve un nuevo papel. Pero me temo que le resulté un añadido bastante incómodo a la esposa de mi hijo. Así que, cuando Vita se quedó encinta, le ofrecí venir a quedarme con ella para ayudarla con el niño. No siempre me fío mucho de las doncellas, ¿sabe? Acaban sabiendo demasiado.

—Excepto mi propia niñera, claro —añadió Vita con una sonrisilla traviesa—. Las dos eran inseparables. Y parecía saber guardar un secreto.

—Vita, por favor —la regañó Lady Aldrange mientras continuaba—. Viví un tiempo en la otra gran casa que hay en la finca, en la que la condesa Stanley fue tan amable de alojarme. Un lugar excelente, y teníamos un hogar encantador, ¿verdad, Clarissa?

—Sí, mucho, Flora —contestó la condesa viuda. Miró a Jonas—. Pero entonces llegó una de esas horribles tormentas, por las que se conoce a esta zona, y destrozó el tejado.

—En efecto —dijo Lady Aldrange—. Así que ambas vinimos a la casa principal y nos quedamos con las habitaciones del ala oeste.

—¿Y Lord Stanley no tiene queja por estar siempre rodeado de mujeres? —preguntó Jonas con una sonrisa.

La condesa viuda soltó una risilla.

—No, mi hijo no. En verdad, apenas pasa muchos meses seguidos aquí de todas formas. Los negocios en la ciudad lo mantienen muy ocupado. Nos hemos vuelto un trío muy doméstico.

—Y a mamá se le da muy bien cuidar del pequeño Christopher, así que es perfecto —dijo Vita—. Evidentemente, en algún momento tendremos que contratar a un tutor o una institutriz para continuar su educación, pero por ahora funciona. —Dejó su taza en la mesa—. ¿Qué opinión le merecen los internados, señor Laurence?

Jonas se inclinó para elegir un trocito de pastel de semillas.

—No muy buena, no —confesó—. En lo que a desarrollar la mente se refiere, quiero decir. Pero creo que es más una cuestión de formación que de educación.

—¿Formación? ¿Qué quiere decir? —preguntó Vita.

—Me refiero a que, desde luego, un hombre puede ampliar su mente en gran medida de diversas formas, pero la escuela lo prepara para moverse en sociedad de manera correcta y adecuada. —Mordió el pastel, lo masticó y tragó—. Pero, en verdad, yo no nací en la alta sociedad y no me pude beneficiar de ese tipo de educación. Me enseñé a mí mismo, así que no soy ni de lejos una autoridad y quizás soy poco imparcial.

—Pero eso ya supone un buen argumento. Es usted inteligente y de buen temperamento, señor

Laurence —dijo lady Aldrange—. La viva imagen de un caballero.

—En efecto —confirmó la condesa viuda—. La mayoría de los caballeros de alta sociedad me han parecido cabezas huecas con cuello de toro, lo que supone cierto desequilibrio interno.

El resto de las damas y Jonas soltaron una risilla.

—Creo que a mi hijo le caerá bien —continuó la condesa viuda—. Él mismo nunca ha tolerado bien al típico estudiante de Eton.

Miró a su nuera y ambas intercambiaron sendos asentimientos casi imperceptibles. Jonas se sentía como si estuviera haciendo un examen y se preguntó si iba a aprobar.

—Quizás, en su paseo de mañana, podemos enseñarle el huerto de cocina también —dijo lady Aldrange—. Las frambuesas han salido pronto y estoy muy emocionada. Me temo que siempre agoto a la pobre cocinera con mis peticiones de merengue de frambuesa, pero ¿cómo puede una sobrevivir al verano sin merengue de frambuesa?

De hecho, Jonas estaba dispuesto a admitir que no sabía cómo podría uno sobrevivir.

—Suena encantador, claro, pero preferiría recorrer los terrenos principales por la mañana. Me gusta evaluar el paisaje desde todos los ángulos de la luz diurna cuando planifico.

—Desde luego —dijo Vita—. Será un placer acompañarlo en su recorrido, aunque me temo que no seré de mucha utilidad para planificar nada. Lord Stanley se encarga de los jardines y le he otorgado vía libre. Le apasiona, ¿sabe? Y yo no tengo gusto para la horticultura, así que no sería de ayuda de todas formas. Mejor dejar que los caballeros se encarguen.

—Entonces, ¿también nos acompañará en el recorrido?

—Ah, lo siento, no le he dicho que no esperamos a mi marido hasta mañana por la tarde. Su intención era estar disponible hoy, pero algo lo ha retenido. Tendrá que conformarse conmigo como guía; a menos que prefiera cavilar sobre el terreno por su cuenta.

—Para nada. Me encantará contar con usted, y me da la oportunidad de preparar mis ideas y preguntas para Lord Stanley.

—Espléndido —dijo Vita.

—Deberíamos dejarlo descansar antes de la cena —dijo la condesa viuda—. Debe de estar agotado.

—El té ha hecho un buen trabajo en restaurar mi energía, pero no me opondré a descansar.

—Me temo que solo tenemos electricidad en la primera planta por ahora. No piense que somos luditas, señor Laurence; estamos trabajando en modernizar la casa de todas las formas. Eso significa quitar todas esas horribles antorchas de gas y cambiarlas. Perdónenos por nuestra falta de modernidad, pero ya hemos instalado un aseo totalmente funcional cerca de cada habitación de invitados y hay un baño al final de cada pasillo.

—¡Las maravillas de la fontanería! —intervino Lady Aldrange con un chillidito y una palmada—. ¿Sabe, señor Laurence? Creo que uno no puede apreciar de verdad la magia de un baño caliente de agua corriente hasta que llega a mi edad.

—A mamá le gusta ponerse a remojo —añadió Vita.

La condesa viuda miró a Lady Aldrange con cariño.

—Le gusta cuando le leo.

—¿Mientras se está bañando? —preguntó Jonas.

—Ah, sí —dijo la condesa viuda, girándose hacia él—. Tengo un taburete especial, ¿sabe? Está cubierto con hule, por si se moja, y lo pongo junto a la bañera.

Jonas enarcó las cejas y contuvo una sonrisa.

—¿Le hemos sorprendido mucho? —preguntó Lady Aldrange.

Su voz, antes ligera y efervescente, ahora lo era claramente menos. Jonas descubrió que Lady Aldrange lo estaba evaluando con una mirada inquisitiva.

Se aclaró la garganta.

—No, para nada, señora. Suena muy agradable, de hecho.

—Desde luego —confirmó la condesa viuda con un movimiento de cabeza.

Las damas se levantaron y Jonas hizo lo propio.

—Y mi médico me asegura —dijo Lady Aldrange, de nuevo en tono exuberante— que es absolutamente necesario para los nervios.

Se recolocó un pendiente con la mano y le dedicó a Jonas una miradita extraña.

—Pero bueno —continuó—, uno no siempre debería escuchar a los médicos, ¿verdad? A mi parecer, tienen ciertas ideas rígidas sobre los que es natural o innatural al cuerpo humano, ¿no cree, señor Laurence?

¿De qué hablaba? Jonas miró a su alrededor, a las mujeres que lo observaban con ojos ensombrecidos.

—En materia de naturaleza, señora —contestó—, creo que muchos tienen bastante conocimiento que ganar.

—Bien dicho —mostró su acuerdo Lady Aldrange.

Vita lo acompañó hacia la salida de la salita. Al llegar al umbral, Jonas se giró para cerrar la puerta a su espalda. La condesa viuda y Lady Aldrange los estaban mirando y, una vez más, Jonas se sintió como si lo estuvieran estudiando. Como si lo hubieran ensayado, ambas le sonrieron de la misma manera exacta y asintieron. Jonas se giró y extendió el brazo, un gesto para que Vita lo guiara.

—Me alegro de que haya venido de visita, será agradable tener algo de compañía —dijo Vita—. Mamá tendrá a alguien nuevo con quien compartir todo su conocimiento médico y sus teorías holísticas. Le encantan y me temo que cree que solo la escuchamos para complacerla. Lo que, en cierta medida, es verdad, claro.

—Estaré encantado de complacerla también. Yo mismo tengo cierto interés en las hierbas y sus usos y aplicaciones, así que quizás podamos aprender el uno del otro.

—¡Maravilloso! Y creo que a Graham, Lord Stanley, le gustará usted. Puedo prever que serán buenos amigos.

Se paró cuando llegaron al descansillo al final de las escaleras. Estaba mucho más oscuro, casi tanto como si fuera noche. Vita se acercó a una de las mesillas que había en el descansillo, ambas con lámparas de aceite. Escogió una y buscó cerillas en un cajón para encender la mecha.

—Está muy nublado —dijo—. Los criados no han pensado en preparar las lámparas tan pronto. Pero no se preocupe, el fuego de su habitación está encendido y estará a gusto allí.

Encendió la mecha y, con el destello de la luz, el enorme cuadro que se alzaba sobre ellos apareció ante sus ojos. Jonas tomó aire con fuerza y dio un paso atrás. El bello rostro parecía fulminarlo con la mirada en la media luz, la curva de sus labios, que desde abajo le había parecido una sonrisa, ahora como una mueca de desdén. Tragó saliva y se aclaró la garganta.

Vita siguió su mirada.

—Es un cuadro impresionante, ¿verdad? —dijo—. Ya estoy tan acostumbrada que se me olvida. Es el abuelo de Lord Stanley, de hecho, quien ayudó a convertir Hillcomb en la gran casa señorial que es hoy en día. O, mejor dicho, era. Es muy apuesto, ¿no cree?

Jonas movió la cabeza hacia un lado y parpadeó. Cuando volvió a mirar el cuadro, el rostro parecía mucho menos amenazador.

—Sí —admitió—. Supongo que es bien parecido.

—Excesivamente, en mi opinión. A menudo se lo comento a Graham, que finge estar celoso. Es ridículo, obviamente, y nos hace reír.

Se giró para seguir subiendo los últimos escalones y la luz abandonó el cuadro. Conforme Jonas avanzaba, miró hacia atrás y se dio cuenta de que los ojos parecían seguirlo de todas formas.

—Me alegro un poco de que Graham se haya retrasado. De lo contrario, habría llegado entrada la noche y me preocupan las resbaladizas carreteras. Últimamente la lluvia no parece marcharse nunca. Claro, yo no sé cuándo viene y va mi marido, de todas formas. Insistimos en tener habitaciones separadas, especialmente desde la llegada de nuestro hijo. Es profundamente agotador ser madre, todo hay que decirlo.

—Claro. ¿Dónde está el pequeño caballero ahora?

—Imagino que por ahí con alguna de las doncellas. Normalmente no lo veo hasta que lo traen para la cena. No come con nosotros, evidentemente, es demasiado pequeño. Pero lo presentan a la familia y luego se lo llevan para cambiarlo y acostarlo.

Se paró y señaló con un gesto de cabeza hacia la puerta que tenían delante.

—Aquí está su cuarto —dijo, con una sonrisa—. Como dijo mi madre, todas las damas de la casa residimos en el ala oeste. Sus aposentos están justo al lado de loss de Graham, desde luego, lo que resultará conveniente cuando llegue. Hasta entonces, imagino que habrá un silencio terrible por aquí, puede que incluso se aburra usted. —Sonrió levemente—. Pero si necesitara cualquier cosa, no dude en llamar; notará que nuestros empleados son muy serviciales. Si no necesita nada más, lo veremos en la cena. Nos arreglamos, pero no tiene por qué vestirse demasiado formal, a no ser que así lo prefiera.

—Perfecto. Muchas gracias, Lady... Vita —dijo Jonas con una pequeña reverencia. Se despidieron.

Capítulo 3

Jonas entró en la habitación y se paró justo junto a la puerta, sorprendido por el sonido de crujidos. Le parecía el ruido de alguna criatura, un ratón, o quizás algo más grande, y parecía que venía de las paredes. Dio un paso hacia la habitación e inclinó la cabeza para escuchar.

Lo volvió a oír y parecía que algo se estaba moviendo. Se preguntó qué podría hacer ese sonido. Se acercó a la chimenea, donde ardía un gran fuego con un brillo abundante, y levantó una de las lámparas encendidas para acercarse a la cama. En ese momento, se oyó fuera el retumbar de un trueno que lo hizo dar un bote. De repente, oyó un suave golpe de dentro de las paredes y un sonido como un gruñido grave.

Se quedó quieto, escuchando. Notó un ruidito de arañazo y un chirrido conforme uno de los paneles de la pared empezaba a moverse.

—¿Qué rayos?—murmuró para sí mismo, demasiado inseguro para moverse.

El panel de la pared se abrió un poco más y Jonas vio una manita pálida apretando contra la tela de billar verde que cubría el otro lado. Siguió la mano hacia un brazo y más allá, lo que lo llevó a encontrar a una doncella bajita con el uniforme ligeramente torcido sujetando una montaña de sábanas en un brazo. Su expresión estaba entre avergonzada e irritada, y Jonas casi se rio de alivio. Podría haberla besado cuando se dio cuenta de lo estúpido que había sido al reaccionar así ante nada más que el sonido de una doncella en el pasillo del servicio. Pero, evidentemente, se contuvo.

A pesar de la carga que llevaba en brazos, la doncella consiguió hacer una pequeña, aunque incómoda, reverencia, lo que hizo caer una sábana doblada. Jonas se agachó a recogerla y la devolvió a la pila.

—Gracias, señor.

—De nada... Lo siento, ¿cómo se llama?

—Sarah. Le ruego me perdone, señor. Solo venía a terminar de hacer la cama.

Jonas bajó la mirada y vio que, en efecto, el colchón no estaba cubierto. Sonrió.

—Hemos estado muy ocupados hoy y me ha llevado un rato situar la habitación —dijo acercándose a la cama—. No la habíamos aireado desde hacía tiempo y quería asegurarme de que todo estaba preparado para usted. Pero guardan las sábanas en el pasillo del servicio, ¿sabe?, y se ha puesto todo tan oscuro que apenas veía con la puerta cerrada.

Había extendido las sábanas y empezado a hacer la cama con dosel.

—Pero, claro, no podía dejarlo venir con el sitio a medio abrir y cerrar. Y luego resulta que he dejado caer la montaña de sábanas de un tropezón, y se han manchado todas, habrá que lavarlas de nuevo.

La vieja Tweedy me va a matar, seguro. Creo que por eso me ha dado esta habitación, por lo de... —Se quedó callada mientras arreglaba una esquina doblada—. Lo siento, señor. Creo que no debería estar hablando así con usted.

Jonas agradeció su cháchara, que lo devolvió a la tierra y despejó algo de la extraña atmósfera que sentía desde que había visto el dichoso cuadro.

—No se preocupe. Solo venía a ver si habían traído mi baúl antes de ir a cambiarme para la cena. Continúe, por favor.

Sarah sonrió y siguió doblando y plegando.

—Su baúl está ahí, señor, junto al armario. Cecil, que será su ayuda de cámara mientras esté aquí, lo ha sacado ya todo.

—Dele las gracias de mi parte.

—Si tengo que hacerlo... —dijo Sarah por lo bajo mientras alisaba las sábanas y daba un paso atrás para admirar su trabajo.

—Supongo, entonces, que Cecil y usted no se llevan bien, ¿no? —preguntó Jonas, entretenido por su respuesta.

Sarah se encogió de hombros.

—No está mal, para ser un hombre—dijo—. Pero no nos trata bien a las doncellas. Siempre nos da órdenes y nos gasta bromas para reírse o intentar asustarnos y eso. —Hizo una pausa para arreglarse la cofia con gesto de enfado—. La vieja Tweedy siempre dice que los jóvenes son así y ya está, cuando no tienen una forma *adecuada* de descargar, según ella, toda su energía. Dice que se les pasa. Pero, Dios nos guarde, ya ha cumplido los 30 así que no creo que se le vaya a pasar.

—Hay hombres que nunca dejan de ser poco más que niños bobalicones, me temo —ofreció Jonas como consuelo.

Sarah asintió con convicción. Revisó la habitación.

—¿Querría que le avivara el fuego, señor? —preguntó.

—Si no es mucha molestia.

Apretó los labios de una manera que indicaba que se estaba mordiendo la lengua, pero asintió de todas formas.

—Ha dicho que la señora Tweedy... ¿se llama así?

Incluso arrodillada ante la chimenea se podía ver la sonrisa en sus labios.

—La señora Tweedham, señor. Es la ama de llaves.

—Sí, la señora Tweedham, claro. Ha dicho que le ha endilgado...

—Yo no he dicho endilgado, señor. Lo dudo.

—Claro. ¿Le ha dado esta habitación por algún motivo?

—Sí, señor. A propósito, creo. —Añadió carbón.

—¿Por qué motivo?

Sarah evaluó el fuego un momento, usando unos pequeños fuelles para alimentarlo.

—Bueno, últimamente no está contenta conmigo. Dice que hablo con demasiada libertad, sí.

—¿Quiere decir que es un castigo?

Sarah se puso de pie y dio unas palmadas para limpiarse las manos del polvo de carbón.

—Ah, no, señor. No es eso, para nada. No quería decir eso exactamente.

Jonas la miró mientras ella se mordía el labio y miraba a su alrededor, nerviosa.

—¿Pasa algo, Sarah?

—No, señor, nada de nada.

—Entonces, ¿hay algún problema con la habitación?

—No me corresponde a mí decirlo, señor, seguro. Mientras usted esté cómodo.

—¿Por qué no debería estarlo?

—Espero que por nada, señor. —Su mirada recorrió la habitación antes de posarse en él.

—Sarah, siento presionarla, pero creo que le preocupa algo. ¿Hay algo que debería saber? No entiendo por qué cree que la señora Tweedham le ha mandado esta tarea como penitencia, si no pasa nada.

—No, señor. Es solo que... —hizo una pausa, insegura.

—¿Sí? —la animó él.

—Es que dicen que está encantada, señor.

—¿Encantada?

—Sí, señor. La habitación. Dicen que hay un fantasma que vive en esta habitación. Y Tweedy sabe que yo escucho las historias y sabe que me dan escalofríos, así que le gusta chinchar, señor, ¿ve?

—Ya lo veo.

—Por eso apenas usamos esta habitación para invitados. Pero su señoría insistió en que se quedara aquí por las vistas que tiene del terreno, por su trabajo con los árboles y demás.

Se le estiraron las comisuras de los labios. Tenía ganas de contarle a Derrick lo de su «trabajo con los árboles y demás».

—Pero no creerá en fantasmas, ¿verdad, Sarah?

—Antes habría dicho que no, señor. Antes de trabajar aquí, quiero decir. Pero ahora lo he visto.

—¿Al fantasma?

—No al que dicen que vive en esta habitación, señor. Otro. El fantasma de una ayuda de cocina que dicen que murió aquí en un incendio hace un siglo.

—¿Y la has visto?

—Sí, señor. No lo habría creído yo misma si no, pero he visto las travesuras que hace en la cocina. Rompe platos, tira cuencos aquí y allá, derrama la leche. Es una mala perra, es lo que es. ¡Ay! —Se tapó la boca con la mano—. Lo siento mucho, señor; por favor, perdóneme, señor.

Jonas soltó una risotada y movió la mano para quitarle importancia a sus palabras.

—No se disculpe, por favor. No hacen falta las formalidades conmigo. Además, si lo que dice es verdad, sí que suena como una mala perra insoportable.

—Señor, no sabe ni la mitad. —Hizo una mueca de fastidio sincero—. Pero dicen que el fantasma que ronda esta habitación da mucho más miedo. Que es incluso siniestro. Dicen que se le conoce por... De noche, cuando los invitados están durmiendo .... —Sus mejillas se cubrieron de rojo y titubeó—. Bueno, no se debe hablar de las cosas que dicen, en verdad.

Jonas se quedó sorprendido por su fuerte vergüenza. Decidió que era mejor no seguir preguntando sobre el tema. No quería que la joven pensara que había cruzado la línea de la decencia.

—Sarah, aprecio de verdad que haya sido tan franca al advertirme sobre la habitación. Pero le aseguro que no trato con fantasmas ni nada preternatural. —Sarah le dedicó una mirada confusa, pero asintió—. Si, de todas formas, resultara que me encuentro con algo extraño, sé exactamente a quién acudir.

Ella asintió.

—Sí, señor. Si necesita cualquier cosa, toque la campana.

—Muchas gracias, Sarah. Ahora, si no le importa, creo que debería descansar un instante antes de la cena.

—Desde luego, señor.

Mientras ella volvía a colocar el panel del pasadizo secreto en su hueco de la pared y desaparecía, invisible por los pasillos, Jonas se acomodó en el escritorio junto a la ventana.

Por muy cómica que pareciera Sarah, sus palabras resonaban en su cerebro, porque reflejaban las extrañas vibraciones que sentía desde que había llegado. Probablemente era el ambiente en sí, pensó mirando hacia la ventana, que se oscurecía por momentos. Aunque la finca no estaba aislada en extremo, sí que parecía separada del resto del mundo, recluida como quedaba en el sombrío valle velado por la niebla.

Y luego estaba la forma física de la propia casa. Casi se podía sentir el lento paso del tiempo sobre las enormes rocas con las que estaba hecha. Como si pudieras tocar la piedra y notar el latido de todas las almas que la habían recorrido en los últimos siglos. Entendía por qué se esforzaban tanto por modernizarla, por atravesar esa melancolía histórica. Esas cosas debían carcomer incluso la mente más sólida con el tiempo.

Incluso una mente como la suya.

Sacó el diario de su funda y abrió la cerradura. Escribió un par de apuntes sobre el viaje y el día. Entonces, su mente se centró de nuevo en Pearson. Jonas sabía que se merecía un buen revés por su comportamiento. Se sentía lleno de arrepentimiento por cómo había dejado que la relación se desmoronara los últimos años. Sabía que Pearson era un buen hombre y alguien con quien podría haber construido una vida en común. Pero Jonas nunca se había sentido del todo asentado, nunca había aceptado del todo esa posibilidad. Siempre había tenido algo molesto en una esquinita de su mente que le decía que ese no era su sitio, ni esa la persona con la que tenía que estar.

Durante mucho tiempo había mantenido el hábito de contentarse con figuras inalcanzables o sinvergüenzas simples a los que solo les interesaba pasar un buen rato. Pero estaba agotado. Pearson había sido el primero en mucho tiempo en hacer que pensara en abandonar su vida superficial. Y, sin embargo, su vida con Pearson, igual que todo lo significativo de su pasado, había llegado a un triste final. Si se paraba a pensarlo, sabía de alguna forma que siempre había estado corriendo; no necesariamente de algo, sino hacia algo. Estaba intentando volver a una idea de amor verdadero que había abandonado hacía años, antes de Pearson, antes de otras distracciones frívolas. Quizás era ese ideal inalcanzable lo que se le había escapado entre los dedos; quizás su oportunidad de llegar, algún día, a recuperar algo así había pasado hacía tiempo. Pero sentía una necesidad, ese algo inexplicable en lo más profundo de su ser que ni siquiera Pearson había logrado sacar a la luz. Que nadie había sacado desde esos días ahora perdidos en el pasado.

Por muy inseguro que se sintiera por lo que el amor le tenía reservado, sabía que se había cansado bastante del ambiente en Londres. Todas esas fiestas, las mezcolanzas sociales constantes, los hombres aquí y allá cuyos nombres apenas se aprendía antes de que desaparecieran de la historia. Hombres a los que arrestaban o que escapaban en un matrimonio respetable o que huían, asustados, a sus aldeas. Ahora necesitaba algo más, algo que sobrepasara el aburrimiento de lo común y repetitivo. Londres, en todas sus formas, había perdido el lustre, se le había drenado la sangre. Quizás por eso ansiaba trabajar en el campo. Rodeado del frondoso verde, la vida siempre creciente, la vitalidad, se sentía en cierta forma en paz. Incluso aunque se siguiera sintiendo desligado, en búsqueda.

Habían sido unas semanas solitarias, ese verano.

Apuntó sus pensamientos hasta que la luz del exterior empezó a menguar.

Tapó su pluma, la guardó junto al lomo del diario y fue hasta la ventana para mirar cómo se oscurecía la niebla. El manto de la atmósfera se extendía y oscurecía la mayor parte de la amplia extensión del terreno, pero en la lejanía pudo ver los bordes del lago. Su superficie, punteada por la lluvia, parecía gris ceniza como el cielo que reflejaba. Dejó que sus ojos recorrieran los campos, con bancales que se extendían hasta la casa. Cada bancal estaba rodeado de parapetos de piedra bajos, prácticamente invisibles bajo la hiedra y los matorrales que crecían encima. Los setos más altos, que podía ver que en algún momento les habían dado forma, habían crecido y adoptado las figuras más distorsionadas, redondos por un lado y estirándose en ramas como garras por el otro. Los extremos del jardín estaban descuidados, cubiertos de brezo y tojo, y aunque los colores eran fuertes y exuberantes por la lluvia, estaban fuera de control de una manera que sugería algo salvaje e impenetrable. *Qué lugar más extraño y dilapidado,* pensó mientras se apoyaba contra el marco de la ventana y observaba la escena.

En ese momento vio un movimiento repentino en la esquina más alejada de los jardines. Dio un paso adelante para acercarse al cristal. Probablemente fuera solo un zorro o algún tipo de pájaro. Y, entonces, ahí estaba de nuevo, un poco más lejos, por el parapeto, un movimiento de tela que a Jonas le pareció una capa desplegándose. Igual de rápido, la figura bajó del muro y Jonas dejó de ver bien con la tenue luz. Notó cómo se le cansaban los ojos del esfuerzo mientras ponía las manos en los fríos cristales de la ventana y se obligaba a mirar el camino que tomaba la figura. No pudo identificar más movimientos y se dio cuenta de que estaba aguantando la respiración.

Un golpe breve y fuerte en la puerta lo sobresaltó. Jonas sacudió la cabeza ante sus nervios e hizo pasar al visitante.

Un pelirrojo bien parecido entró en la habitación y la mente de Jonas abandonó los oscuros lugares a los que había llegado desde la ventana. Jonas estaba bastante acostumbrado a que le asignaran a un muchacho para ayudarlo cuando visitaba una casa en el campo. La mayoría de las veces se trataba de un novato, verde y nervioso, algún sirviente de bajo rango, como un aprendiz de lacayo o incluso un mozo. Sabía que servir de ayuda de cámara para un invitado como él era parte del aprendizaje y a menudo sentía que hacía más él por ayudar al joven que al revés. Pero este hombre no se correspondía con ese perfil. Tenía aplomo y estaba obviamente orgulloso de sí mismo, tanto que tenía un aire como de arrogancia. Tenía la altura y el aspecto para llegar a primer lacayo y llevaba bien su librea. Y lo sabía. Jonas se preguntó por qué ocuparían a tal espécimen con un simple diseñador de visita, pero estaba claro que la familia deseaba darle una buena impresión. Tenía que admitir que esto contribuía en gran medida.

—Señor —dijo el hombre con un asentimiento—. Soy Cecil. He venido a ayudarle a vestirse para la cena.

—Ah, sí, Cecil, gracias.

Cecil avanzó hacia él y, al llegar a la chimenea, se paró para mirar a Jonas. De nuevo, Jonas sintió como si lo estuvieran evaluando. Lo ponía nervioso. Una cosa era que sus anfitriones estudiaran a un invitado en su casa, pero que su ayuda de cámara lo midiera tan abiertamente sin modestia resultaba excepcionalmente desvergonzado. Cecil era un hombre apuesto y atrevido, pensó Jonas, quizás hasta resultar peligroso.

—Sarah me ha comentado que iba a ser usted mi ayuda de cámara —ofreció Jonas cuando el joven no hizo más que mirarlo.

—Ah, Sarah —dijo Cecil con una sonrisilla—. Espero que no parloteara mucho. Le gusta charlar, a nuestra Sarah.

—Ha sido una joven muy agradable.

—¿No ha dicho nada sobre fantasmas, entonces?

—En realidad, sí. Me dijo que mi habitación está encantada. Parecía estar bastante nerviosa.

Cecil soltó una risilla

—Es un poco crédula, esta Sarah. Me atrevería a decir que algún día podría ser su perdición. Pero en su mayoría son supersticiones de campo y demás.

—Así que, ¿no cree que me vaya a encontrar con ningún fantasma? —preguntó Jonas.

—No creo en fantasmas, señor. Incluso si existiera el fantasma que dicen que acecha en esta habitación, creo que usted no correría el riesgo de sufrir ningún daño por su causa.

Jonas enarcó las cejas.

—¿No? ¿Y a qué se debe exactamente?

—Bueno, señor. Por las historias que se cuentan, este fantasma parece tener una inclinación particular por cierto tipo de caballero. Y creo que a usted lo apreciaría, señor.

El tono en la voz del ayuda de cámara hizo que se le encendieran las mejillas a Jonas, que se giró hacia donde habían dejado su baúl.

—Bien, supongo que debería vestirme —dijo Jonas en su mejor tono aristocrático—. No querría hacer esperar a las damas de la casa.

—A su servicio, señor.

Notó unas manos en sus hombros y se quedó paralizado.

—Su chaqueta, señor —dijo Cecil en voz baja.

Mientras lo desvestían y lo volvían a vestir, Jonas era profundamente consciente de las manos del joven sobre su cuerpo. Se movían con languidez y el proceso fue lento. Sentía que estaba midiendo cada uno de sus centímetros. Mientras los dedos diestros de Cecil le abrochaban el chaleco, Jonas mantuvo la mirada fija en el fuego, evitando el contacto visual con el ayuda de cámara. La peligrosa belleza que había notado de inmediato parecía flotar entre ellos como miasma.

—Qué lástima que haya tenido que cambiarse, señor.

—¿Por qué? —preguntó Jonas.

—Porque el chaleco azul oscuro que llevaba antes resaltaba sus ojos mucho mejor que el blanco.

A Jonas no se le ocurría una respuesta, así que no dijo nada; solo se aclaró la garganta y examinó la repisa de la chimenea.

Cecil movió las manos y cepilló el chaqué.

—Trabaja en los jardines, ¿verdad?

—Así es.

—¿Ayuda a talar los árboles y esas cosas?

—¿Disculpe? —preguntó Jonas, sorprendido.

—Es que tiene los brazos y los hombros de un jornalero.

Jonas lo miró.

—Disculpe, no pretendía ofenderle —dijo Cecil con una sonrisa juguetona—. De hecho, todo lo contrario. La mayoría de los caballeros que vienen de visita no son tan robustos como usted.

Jonas notó una sensación familiar en la superficie de la piel. Cecil era valiente para ser un sirviente, pero Jonas suponía que no tenía muchas oportunidades para entretenerse en una casa con tan poca gente. Debía de estar acostumbrado a aprovechar bien rápido cualquier oportunidad que se le presentara. Jonas se preguntó si había sido tan fácil entenderlo como para inspirar tal franqueza. Su mente volvió a pensar en la soledad que había sentido últimamente, en lo mucho que echaba de menos a Pearson. Un zorro de instintos tan agudos como Cecil parecía capaz de identificar una necesidad tan grande. Aun así, podría ser una distracción para deshacerse de los zarcillos espeluznante del lugar, que amenazaban con rodearlo desde que había abandonado la comodidad de la salita.

—Hago esgrima y algo de boxeo en ocasiones —contestó—. Y soy un nadador entusiasta. Me baño con frecuencia. De hecho, hace solo dos semanas estuve en unas instalaciones nuevas en Birmingham, en Moseley Road. Una piscina extraordinaria.

—Birmingham, de allí soy yo —dijo Cecil con una amplia sonrisa.

—Una ciudad interesante. Y muy diferente al campo. ¿Por qué se fue?

Cecil bajó la mirada.

—Tuve que hacerlo —murmuró—. No tuve alternativa.

El joven se giró; era obvio que no quería hablar del tema. Jonas le posó la mano en el brazo con cuidado.

—Solo me refería —dijo— a que debe de ser un lugar que ofrece más facilidades de entretenimiento para un joven como usted.

Cecil buscó sus ojos, su mirada mostrando abiertamente su deseo.

—Me las apaño, señor.

Jonas ladeó la cabeza y sonrió.

—Eso no lo dudo, muchacho. En absoluto.

Cecil dio un paso, con lo que sus cuerpos quedaron más cerca que antes, incluso más que cuando Cecil lo había ayudado a vestirse. Este recorrió con los dedos, despacio, la línea del cuello almidonado de Jonas, tocando más piel que tela, y bajó hasta su garganta para enderezarle la pajarita con una caricia.

—Creo que descubrirá —dijo Cecil con la voz ronca— que soy diestro en entretenerme, señor.

Miró a Jonas fijamente y ladeó la cabeza. Habría sido fácil que sus labios se tocaran y Jonas contuvo la respiración. Notaba el calor del cuerpo del ayuda de cámara palpitando contra el suyo y tuvo que contenerse para no hacer algo indecoroso. Cecil puso a prueba su determinación pegándose a él.

—¿Le gusta entretenerse?

Jonas parpadeó y se aclaró la garganta.

—Puesto que viajo tanto como mi trabajo lo requiere, yo, también, he buscado el entretenimiento donde pudiera encontrarlo.

—Debe de sentirse solo, recorriendo estas viejas montañas de piedras, codeándose con viudas ancianas y coroneles medio sordos.

—Tiene sus beneficios —dijo Jonas, sin quitar su mirada de los ojos de Cecil.

—¿Los tiene? —preguntó Cecil.

Se apretó contra Jonas y se besaron. Fue un beso eléctrico y Jonas sintió cómo el calor se extendía por su cuerpo a toda velocidad. No se había dado cuenta de lo necesitado que estaba su cuerpo. Habían sido unas semanas solitarias, en efecto.

Cecil agarró a Jonas de la nuca, haciendo que profundizara el beso, su lengua explorando y adentrándose en la boca de Jonas. Y entonces se separó. Inclinándose hacia atrás, Cecil estudió su rostro y levantó los dedos para trazar las líneas de los labios de Jonas.

—Me gustaría mucho tocarlo esta noche —dijo.

Jonas se acercó para besarlo otra vez, pero Cecil levantó la mano.

—Ah, ah, señor. No tenemos tiempo ahora mismo. No quiere dejar a sus anfitrionas esperando o pensarán que es usted desagradecido.

Jonas volvió a buscar su boca, pero Cecil se giró, sonriendo.

—Le gusta un poco provocar, ¿no? —dijo Jonas.

Cecil lo miró con una sonrisa atrevida.

—Que disfrute de tener el control no quiere decir que me guste provocar, señor.

—Es un poco sinvergüenza, entonces.

—¿Y qué si lo soy? ¿Qué tiene de malo?

—Nada —admitió Jonas con una sonrisa—. Justo me estaba acordando de lo mucho que me gustan los sinvergüenzas.

—Bueno, señor, quizás le guste yo. Después de todo, los tipos de alta sociedad como usted no tienen por qué tener siempre la sartén por el mango.

—Ciertamente, espero que no.

Cecil se separó y rodeó la cama hacia el pasillo de los sirvientes.

—Entonces, ¿le veré esta noche? —preguntó Jonas.

Una sonrisilla apareció en los labios de Cecil. Encogió un hombro con desgana.

—Quizás, señor. Pero, cierto es, quizás no.

Jonas soltó una risilla.

—Un sinvergüenza, tal y como sospechaba.

—Pero, si decidiera hacerle una visita, ¿debería traerle algo cuando venga, señor, por si acaso? Algo especial que pudiera darme una buena razón para visitarlo por la noche.

Jonas lo pensó un momento.

—¿Una taza de té?

Cecil sonrió, divertido.

—¿Té? Excelente, señor.

—¿Sí? Siempre tomo una taza de té antes de retirarme por la noche, para relajarme.

—Debemos asegurarnos de que está usted relajado, ¿no, señor Laurence?

—Suponiendo —añadió Jonas— que no sea demasiado tarde para un té.

—No creo que lo vayan a retener mucho tiempo —dijo Cecil—. A su señoría no le gusta retirarse tarde. Tiene que ocuparse de su valioso semental, ¿no es cierto?

—¿Cómo dice?

Cecil se mordió el labio inferior y lo miró mientras andaba de espaldas hacia el panel del servicio.

—Anhelo ver cómo se desarrolla la velada, señor —oyó a Cecil decir en voz baja conforme el panel se cerraba.

Capítulo 4

Recorriendo el oscuro pasillo, Jonas deseó haberle preguntado a Cecil dónde estaba el comedor, pues no lo sabía y los escalofríos habían vuelto a hacerse con él al salir apenas unos pasos de su cuarto. Cuando llegó a las escaleras, se paró en el descansillo y levantó la lámpara, observando de nuevo el autoritario rostro del abuelo Stanley. Los ojos parecían incluso más astutos que antes e hicieron que se le helara hasta la médula. ¿Era su imaginación o la sonrisa del cuadro ahora parecía una mueca de desprecio?

De nuevo sintió como si el cuadro pudiera estudiarlo como lo haría una persona real; de nuevo parecía mofarse de él.

—Bah —dijo en voz alta, alejando el cuadro de sus pensamientos con un gesto de la mano.

—¿Se encuentra bien, señor Laurence?

Se giró, sorprendido de encontrar a la madre de Vita esperándolo al final de las escaleras.

—Ah, lady Aldrange —dijo—. No la había visto.

Lo estaba mirando con los mismos ojos de barrena que en la salita. A pesar de su supuesta frivolidad, Jonas sabía que la mujer contaba con cierta perspicacia.

—Sí —dijo ella, con voz desenfadada—. Clarissa ha pensado que sería mejor que me asegurara de que sabía llegar al comedor.

—En efecto —dijo él mientras bajaba—. Gracias.

—Es un buen cuadro, ¿verdad? —dijo ella cuando Jonas llegó a la planta baja.

—Así es.

—¿Le resulta llamativo? —preguntó.

—Tiene algo extrañamente cautivador, debo admitirlo —dijo Jonas—. Por algún motivo, siento como si tuviera que conocer al hombre del cuadro. Sin embargo, claro, es ridículo.

—Quizás no lo sea tanto, señor Laurence —dijo Lady Aldrange con una sonrisa.

Jonas volvió a mirar hacia arriba y negó con la cabeza.

—Discúlpeme —dijo—. Creo que estoy cansado en demasía por mi viaje. Una buena cena me vendrá bien.

La cena le vino muy bien, en efecto. Después presentarles al señorito Christopher, un chico inteligente de unos tres años de edad, que era igual que su hermosa madre, la única diferencia el color de su cabello, una doncella se lo llevó a su habitación. El vino era abundante y la comida deliciosa, una de las mejores que había tomado últimamente. El comedor, como la salita, se había redecorado de forma evidente hacía poco; era un espacio abierto de ambiente fresco y las luces eléctricas le daban un brillo cálido y acogedor. Era como si, al bajar las escaleras, hubiera entrado en una casa completamente diferente. La conversación era agradable, aderezada con risas.

—¿Me permite preguntarle —se atrevió a decir la condesa viuda mientras comían— cómo se introdujo en el mundo del diseño de jardines?

—Realicé una pasantía con los señores Lansear e Hijos en Londres —dijo Jonas—. Allí fue, de hecho, donde trabé una rápida amistad con su sobrino Derrick. Estando allí también conocí a Lady Gertrude, con quien tengo una relación extremadamente buena. Siempre había tenido un interés personal en los jardines y similares, pero nunca había pensado en ello como una tarea a la que dedicar mis intereses creativos. Ella me abrió los ojos y me mostró esa posibilidad a través de su trabajo y me acogió bajo su protección. Fui su aprendiz, por así decirlo, durante algunos años y entonces Derrick y yo decidimos empezar nuestra propia empresa con un arquitecto al que este conocía.

—Lady Gertrude, qué maravilla —dijo la condesa viuda.

—¿La conoce?

—He oído hablar mucho de ella, desde luego, pero no la conozco mucho a nivel personal, por desgracia. Sin embargo, he tenido el placer de trabajar con ella en una serie de reuniones.

—¿Reuniones?

La condesa viuda intercambió una mirada con Lady Aldrange, que inclinó la cabeza.

—Con el objetivo de promover el sufragio. Verá, soy sufragista. Creemos en el voto para las mujeres. ¿Supongo que sabrá de lo que hablo?

—Ah, desde luego que lo sé —dijo Jonas con una sonrisa.

La condesa viuda le dedicó una mirada arqueada.

—¿Le parece gracioso?

—Para nada, me ha malinterpretado, señoría. Verá, soy algo así como un sufragista también.

Lady Aldrange pareció sorprendida.

—¿Usted? —preguntó ella.

—Sí. Conocí el movimiento primero por Lady Gertrude, la verdad, y lo apoyo por completo. Me temo que no puedo hacerlo muy abiertamente, pues muchos piensan que es malo para los negocios que un hombre se mezcle con esos temas. Así que la empresa insiste en que mantenga mis inclinaciones de tapadillo. Puesto que acostumbro a esconder bastante bajo la manga, me las apaño. Pero soy miembro de la Liga de Hombres por el Sufragio Femenino y he ayudado a organizar algunas reuniones de los grupos femeninos, comprando edificios abandonados para su uso y esos asuntos.

—Extraordinario —exclamó Lady Aldrange—. Nunca había oído hablar de un sufragista.

—Somos unos cuantos, aunque no muchos, por desgracia.

—Será usted perfecto para mi hijo —dijo la condesa viuda.

—¿Perfecto? —preguntó Jonas. Fue a tomar su vaso, pero percibió el más pequeño de los intercambios silenciosos entre Vita y su suegra.

—Quiero decir que él es el único hombre al que he conocido con unas opiniones tan progresistas como las suyas. No forma parte de ninguna liga como tal, pero sus pensamientos son bastante modernos. Desprecia a los que él llama los típicos de Eton, esos hombres con los que se crio en la escuela, y sus modales remilgados.

Jonas asintió.

—Entonces, creo que nos llevaremos estupendamente, sí.

—Ay, eso espero yo —dijo Vita. Jonas la miró a los ojos y notó una extraña intensidad en ellos—. Le vendría muy bien un amigo *de verdad*.

¿Amigo?, se preguntó Jonas. Él no era más que un empleado, un consultor, en realidad.

En ese momento, una ráfaga de gritos en el exterior atravesó la conversación. Sobresaltada, Vita dejó caer el tenedor sobre el plato.

—Ay, esos horribles zorros —exclamó Lady Aldrange. Se giró hacia su hija—. Sé que Graham y tú no apoyáis los deportes de sangre, cariño, pero algo habrá que hacer.

—Mamá, sabes que nos oponemos a la caza. Graham nunca querría a esos patanes de nuestros vecinos recorriendo nuestras tierras con sus pistolas. Sería inadmisible, la verdad.

—Siempre he pensado —dijo Lady Aldrange— que con piel de zorro se puede hacer una bufanda de dama o un reborde de sombrero más que admisible.

—Ay, mamá, por favor, no seas desagradable.

—En ocasiones me encuentra descarada, señor Laurence —dijo Lady Aldrange, con los ojos brillantes—. Siempre resulta apasionante para una madre ser capaz de asombrar a su hija.

Jonas asintió y sonrió.

—En efecto —dijo Jonas.

Después de cenar se retiraron a una segunda salita, esta todavía más espaciosa que en la que les habían servido el té. Puesto que eran pocos y Jonas era el único caballero, nadie vio necesario separarse, como habría sido habitual en otras casas. Tanto él como Vita tomaron brandy y las señoras una copita de jerez o tres. Conversaron sobre música y libros, intereses compartidos que apasionaban a los cuatro. La propia Vita mostró gran interés en oír hablar sobre cualquier obra de teatro a la que Jonas hubiera asistido en la ciudad y se lamentó de que no fueran más a menudo a disfrutar del escenario. Jonas sospechaba que ella misma albergaba el anhelo por el público, pues enseguida pasó a tocar el piano para ellos. Tocaba bien y tenía la voz fuerte y clara, aunque, en opinión de Jonas, la canción que había elegido era un poco peculiar. Una balada de Estados Unidos, les dijo, de una mujer cuyo marido la había matado a golpes la víspera de la boda y había tirado su cuerpo al río. Su interpretación fue tan cautivadora que Jonas se perdió en la historia y, para cuando las notas finales se hubieron desvanecido, notó una sombra moverse por su ánimo. Nada que otra bebida no pudiera solucionar, con toda seguridad.

—¿Le importaría servirme otro jerez? —preguntó la condesa viuda conforme Jonas se acercaba al aparador con las bebidas.

—En absoluto.

El aparador estaba bastante cerca de unas puertas francesas que ocupaban la mayor parte de la pared a ese lado de la habitación y daban a los jardines. Mientras servía las copas estudió una parte de los jardines que todavía no había visto. Sin alejarse mucho, el terreno mostraba una pendiente repentina que se convertía en una colina y llevaba a una arboleda de abedules que marcaban la línea del bosque. Sus delgados troncos estaban delineados por la luz de la luna y, entre ellos, creyó discernir la silueta de algún tipo de edificio.

Entrecerró los ojos intentando divisar toda la construcción, pero no pudo en la oscuridad. Mientras levantaba el decantador para servir el jerez, le llamó la atención un movimiento en el exterior. No vio nada. Su imaginación de nuevo, decidió, mientras volvía a poner el tapón de cristal en la botella. Y entonces, de repente, un remolino negro, como la figura de un hombre, pasó por delante de la superficie blanca del edificio oculto y, desde dentro, surgió un rayo de luz, como si hubiera una lámpara. El tapón no llegó al decantador y cayó al suelo con un golpe.

—¿Todo bien? —preguntó Lady Aldrange.

—Discúlpenme —contestó Jonas—. Pura torpeza.

Cuando volvió a mirar al exterior, la luz había desaparecido. Ahora solo veía los árboles y la luna parecía haberse escondido tras las nubes oscureciendo la forma del edificio.

—¿Pretende beberse usted mismo mi jerez? —preguntó la condesa viuda riéndose—. No estoy segura de que pegue con el brandy.

—Mis disculpas, señoría —dijo mientras le llevaba la copa. Le dio un trago a su propia bebida—. Me ha tomado por sorpresa lo que parecía ser un edificio en el bosque, justo detrás del grupillo de abedules.

—Ah, no es más que el capricho del abuelo de mi marido —explicó la condesa viuda—. Lo mandó construir por algún motivo que desconozco. Por descontado, los sirvientes creían que lo construyó para sus encuentros amorosos nocturnos, pero quién sabe. Nadie lo usa ya para nada. De hecho, se está desmoronando. Más de una vez he querido echarlo abajo.

—¿Nadie va allí para nada?

—No veo por qué iría alguien —respondió la mujer antes de reírse.

—¿Por qué se ríe? —preguntó Jonas con una sonrisa.

—Ah, me ha recordado a la historia de aquella doncella —dijo—. Creo que se llamaba Constance. Verá, los sirvientes siempre han dicho que la construcción está encantada. La amante de uno de los antiguos condes fue asesinada allí o se quitó la vida o quién sabe. Ya sabe cómo chismorrea el servicio. Pero, en verdad piensan que la mitad de la finca está encantada, claro. Así que, ¿por qué no esa parte también? Resulta todo algo ridículo, ciertamente.

—¿Y esa doncella, Constance?

—La historia cuenta que, al parecer, juraba y per-
juraba haber visto algo que la conmocionó de tal
manera que no pudo hablar durante días. Se negó
siquiera a pasar por delante de la construcción nunca más, según me contó mi marido. —Lady Stanley
sacudió la cabeza, volviendo a reírse—. Era doncella
de cocina y los gallineros estaban al otro lado de
esos árboles de allí, pero ella se negaba a ir o tomaba
largas rutas alternativas. Terminó siendo bastante
inútil si se trataba de salir de la cocina, de hecho.
Pero final cambió de empleo y encontró otra casa
en la que trabajar.

—Una con menos fantasmas, quizás —dijo Vita
guiñando un ojo.

—¿Qué podría haber visto que le causara tal con-
moción? —preguntó Jonas.

—Quién sabe, hijo mío —dijo la condesa viuda—. Algunos de los sirvientes, especialmente los
que vienen de pueblos pequeños, se sobresaltan con
facilidad. Siguen atrapados en supersticiones antiguas, ¿sabe? Además, Constance era hija de un vic-
ario y ya sabe cómo pueden ser; lo más mínimo la
conmocionaba sin medida. Lord Stanley, mi marido, me dijo que recordaba haberla oído ahogar un
grito una vez que su padre le dio un beso a su madre
en la mano a la salida de la iglesia un domingo. Era
muy bobalicona. Y entonces, desde luego, está el
rumor de que en verdad no encontró trabajo en otra
casa, sino que en realidad fue asesinada. O se ahogó
en el lago o algo por el estilo.

—¿En serio? —dijo Vita, su voz marcada por la
sorpresa—. Graham nunca me lo había contado.

—Supongo que lo considera igual de ridículo que los demás —dijo la condesa viuda—. Naturalmente, no hay nada que sugiriera que se produjera un asesinato. Lo único que oyó mi marido fue lo que decían los sirvientes y, como ya he dicho, encuentran motivos para creer que hay un fantasma en cada estancia vacía.

Jonas echó un vistazo a la línea de árboles. Podría parecer ridículo, pensó, pero empezaba a tener sus sospechas.

—Flora, ven a ayudarme a retirarme —dijo la condesa viuda—. Es demasiado tarde para estar contando historias y creo que me he excedido con el jerez.

Las señoras dieron las buenas noches mientras Jonas miraba los pocos libros que había en una estantería, poblada principalmente con adornos.

—¿Le gusta leer? —preguntó Vita.

—Ah, sí, mucho. Un buen libro viene muy bien cuando se viaja tanto como yo. Me ayuda a mantenerme cuerdo. Al menos, así lo espero.

—La biblioteca familiar está justo en la habitación de al lado. Por favor, no dude en tomar prestado cualquier libro que le interese. Me temo que los de aquí han sido seleccionados más por sus lomos coloridos que por su contenido.

—Gracias —dijo Jonas—. Puede que le tome la palabra. ¿Le sirvo otro brandy?

—Debo admitir que ya he tomado demasiado. Creo que debería retirarme también, si no le parece descortés. No soy dada a trasnochar.

—No es descortés, para nada, claro que no. Agradezco que me haya hecho compañía en esta velada.

—Estoy segura de que Graham lo habría hecho mejor, pero me alegro de que esté entretenido por ahora. Por favor, disfrute de la chimenea, las bebidas y los libros todo lo que desee, con mi beneplácito. No hay nadie para importunarlo, así que no se preocupe por la hora. Haré que la doncella le deje una lámpara encendida en el descansillo.

—Gracias, señoría. Ha sido una velada encantadora.

—De nada, *Jonas* —dijo ella con una sonrisa.

—Sí, claro —dijo él devolviéndole la sonrisa.

Se sentó junto al fuego un rato más, con la bebida en la mano, y entonces notó la fatiga del día en el cuerpo. Aunque dudaba necesitar un libro para dormir, especialmente si la promesa de Cecil resultaba cierta, Jonas decidió pasarse por la biblioteca para echar un vistazo por si acaso. Las bibliotecas siempre habían sido sus habitaciones favoritas y se deleitaba cuando podía visitar las de casas como esta.

Esta biblioteca no le decepcionó en absoluto. De hecho, era una de las bibliotecas más magníficas que había visto. El perímetro estaba cubierto de estanterías de opulento roble oscuro desde el suelo hasta el techo, con múltiples escaleras con ruedas y mullidos sillones dispersos por la sala. Fue a darle al interruptor, pero no llegó a hacerlo. Al otro lado de la habitación había un ventanal con la cortina corrida desde la que entraba un haz de luz de luna que caía sobre gran parte de las estanterías, reluciendo contra el pan de oro de los lomos de los libros y haciendo que las inscripciones de los títulos prácticamente bailaran en la oscuridad. Le pareció una escena mágica y se la quedó mirando un segundo antes de acercarse a la ventana.

Recorrió con la mirada las hileras de libros mientras se colocaba frente al ventanal. Escogió uno de los volúmenes y dio un paso atrás para verlo a la luz de la luna. No era un libro del que hubiera oído hablar, pero hojeó las primeras páginas. Al levantar la mirada se dio cuenta de que el ventanal daba a la misma zona de los terrenos que había estudiado desde la salita. La luz de la luna parecía más brillante ahora, con lo que miró hacia la línea de árboles que ya le resultaba familiar. Solo podía ver el relieve del tejado del capricho resaltando contra la oscuridad del bosque. Y entonces, al igual que antes, apareció una luz desde la construcción. Parpadeó, inclinándose hacia delante para asegurarse de que no se lo estaba imaginando. Pero era cierto: había algún tipo de lámpara o farol encendido en el capricho. Esa era la única explicación para la forma en la que la luz parecía moverse por el pequeño edificio, con sus arcos y columnas. Estaba seguro de que podría ver directamente dentro de la construcción con la luz del día, pero la oscuridad nocturna escondía partes. Contra un trozo visible de pared, las sombras parecían moverse con la luz. No podía distinguirlas bien a esa distancia, pero al ver cómo se superponían y se juntaban, se dio cuenta de que debía de haber más de una persona (o, claro, criatura) allí dentro. La luz dejó de moverse, pero las sombras no. Deseaba poder abrir la ventana para escuchar lo que pudiera escucharse, aunque, al estar tan lejos, probablemente no fuera nada.

Decidió comprobar algo que se le había ocurrido y, echándose atrás, encendió una lámpara que había en un escritorio cercano. La luz eléctrica estalló en la oscuridad e iluminó toda la esquina. Se giró y vio que la luz del capricho se había apagado inmediatamente. De pie junto al marco del ventanal, esperó, vigilando para ver si la luz volvía. Sabiendo que, claramente, ahora podían verlo con el brillo de la lámpara, se sintió cohibido. Devolvió el libro que tenía en la mano a su estantería y apagó la lámpara. Se movió hacia a un lado, como si se estuviera marchando, pero en su lugar se pegó a la pared y miró por entre las cortinas hacia el ventanal. Tras un par de segundos, la luz resplandeció en la otra construcción y las sombras volvieron a moverse. Guiándose por ellas, pudo ver mucho movimiento, y entonces la luz se apagó. Se quedó ahí un poco más, esperando a que la luz volviera, antes de reñirse a sí mismo por portarse como un espía o un mirón. Si había algún tipo de actividad clandestina en los terrenos, sin duda no era asunto suyo. Abandonó la idea de encontrar algo que leer y se dirigió a la escalera.

En el descansillo, recuperó la lámpara encendida y levantó la mirada hacia el enorme cuadro. El antiguo Lord Stanley parecía mirarlo con las cejas enarcadas.

—Seguro que usted también se dedicó algo al espionaje en sus tiempos —dijo por lo bajo.

Justo en ese momento le pareció oír pasos desde el ala este, en dirección hacia su habitación. Subió con rapidez los siguientes escalones con la lámpara en alto. No se veía ni se oía nada, así que se dirigió a su cuarto.

Una vez dentro, el fuego ardía con un agradable crepitar, pero estaba solo. Miró a su alrededor, preguntándose si Cecil todavía no había llegado, pero vio su camisa extendida sobre el colchón. Sintió una punzada de remordimiento. Solo hacía unas horas que había conocido a Cecil y, obviamente, no tenía apego real por el hombre, pero debía admitir que le vendría bien algo de compañía. La casa, por muy agradables que fueran sus habitantes, hacía que se sintiera algo frío y solo.

Mientras se cambiaba para dormir, vio una taza en la mesilla de noche. Sonrió; aunque el *rendezvous* no hubiera tenido lugar, el hombre le había traído la taza de té que le había prometido. Entre el agotamiento y el alcohol, dudaba que fuera a necesitar ayuda para dormir, pero decidió tomarse al menos un poco de todas formas. Se sentó en la cama y se llevó la taza a los labios para sorber el líquido tibio. Se alejó la taza con una mueca. La amargura era inconmensurable y no sabía como ningún té que se hubiera tomado nunca. Había sido un gesto amable, pensó mientras dejaba la taza en la mesilla, pero iba a tener que dejarse lo que quedaba.

Jonas sentía que debería estar despierto, pero no estaba seguro. Había algo de ruido, como un zumbido, que lo llevó a abrir los ojos. Era como si estuviera bajo el agua. La cabeza le daba vueltas y le dolía. No tanto como un dolor, sino como si un gran peso tirara de ella, intentando arrastrarlo a la inconsciencia. Pero quería despertar. Intentó sentarse, pero su cuerpo no quería cooperar. Sentía las extremidades como si fueran de piedra. Parpadeó, intentando concentrarse, pero todo a su alrededor era negro como el carbón. En algún lugar, en la distancia, oyó un sonido como de trueno, como el golpetear de la lluvia contra un tejado. Y, todavía más cerca, el zumbido. Seguía en la cama, en ese lugar, Hillcomb Hall, lo notaba. Giró la cabeza, con lo que le pareció un gran esfuerzo, hacia donde deberían estar las ventanas. Pero estaban negras, eran parte de la oscuridad, con las cortinas echadas, como si nunca hubieran estado ahí, de hecho. Nada más que una pared oscura. El fuego también parecía haberse apagado o que se hubiera extinguido, pues no ofrecía luz alguna.

Cerró los ojos y la oscuridad siguió siendo la misma. El zumbido volvió y se le unió un roce, dedos recorriéndole la pierna. Abrió los ojos, pero no pudo ver nada. El zumbido paró. Los dedos se convirtieron en manos y las manos siguieron subiendo, acariciándole las piernas. Volvió a intentar sentarse, pero no pudo. Intentó moverse, pero notaba las piernas como troncos. Era como si lo hubieran atado a la cama, inmovilizado por una fuerza mística invisible que tenía control total sobre él. Sin embargo, seguía sintiendo las manos, apretando la dura curva de sus piernas y moviéndose hacia su entrepierna, subiendo, subiendo, hasta que una mano lo cubrió, su parte más delicada en una palma cálida. Otra mano se acercó y empezó a acariciarlo a través de la camisa. *No*, intentó gritar, pero su voz no fue más que un gemido, sin forma, sin palabras. Intentó levantar la cabeza, pero no lo consiguió y dejó que su cara cayera sobre la almohada para sentir el tejido frío contra la mejilla.

Las manos volvieron a bajar y se le metieron por debajo de la camisa, arrugándola hacia arriba. Volvió a intentar hablar, pero escuchó un sonido como un siseo. Una voz que no reconoció silenció sus protestas. *No*, dijo, en un susurro espectral. Las manos, moviéndose como una ilusión, empujaron la tela hasta que todo su cuerpo del pecho para abajo quedó descubierto. A su lado, los brazos no le permitían doblar los codos para intentar tocar a la presencia que lo manoseaba. *No toque*, le advirtió el siseo en un susurro. Y entonces sintió labios, besos en su piel. Por su torso, subiendo y bajando, rodeándole el ombligo y subiendo de nuevo. Lo que parecía ser una lengua le rozó un pezón y luego el otro, chupando suavemente, provocándolo. Volvió a girar la cabeza y a levantar la barbilla, intentando gemir, pero no estaba seguro de que algo que no fuera un suspiro áspero hubiera llegado a salir de su garganta. Los labios siguieron bajando por debajo de su ombligo y la lengua chupó donde había empezado a crecer, incapaz de evitar la reacción de su cuerpo. La boca besó, chupó y succionó; las manos le recorrieron las piernas, el estómago, la erección.

Las caricias eran eléctricas, como si todo él fuera energía estática, como si pudieran hacer que se derritiera; soplaban contra él como vientos de tormenta, retumbaban contra su piel como truenos. La boca lo cubrió y lo drenó. Y entonces, como si de un relámpago se tratara, echó la cabeza hacia atrás y terminó. Notó suspiros irregulares escaparse de su garganta y cerró los ojos con fuerza. No pudo seguir luchando y dejó que lo envolviera la oscuridad del sueño.

Capítulo 5

Jonas abrió los ojos con un parpadeo e intentó despejarse. Se sentía atontado y sacudió la cabeza para intentar desembotarse. Tiró de las sábanas hacia sí, hasta casi cubrirse la cara, para combatir el frío. La habitación estaba glacial. Se estremeció y dejó salir un gemido de incomodidad.

—Tendré el fuego en marcha en un segundo, señor.

Al oír la voz de Sarah, se sentó en la cama.

—Ah, Sarah, no me había dado cuenta de que estaba aquí.

—Se supone que debo ser invisible, así que me alegro de oírlo. Discúlpeme por el frío que hace ahora, pero su señoría me indicó que no le molestara para nada hasta que no estuviera usted listo, así que no vine tan pronto como lo habría hecho de normal. Pero tampoco quería esperar mucho.

—¿Es muy tarde?

—No mucho, señor. Pero se ha perdido el desayuno. Su señoría dijo que probablemente se debiera al cansancio del viaje. Dijo que podíamos traerle una bandeja sin problemas, si es lo que quiere.

—¿Queda mucho para la comida?

—Todavía un par de horas.

—Entonces creo que solo necesito algo de café, si tienen. Y algo de pan tostado.

—Desde luego, señor.

Sarah había encendido la chimenea y se puso en pie, quitándose las mangas especiales que se ponían las doncellas para que no se les manchara el uniforme de hollín.

—Y Cecil me pidió que me disculpara con usted de su parte —dijo la chica.

Jonas parpadeó y volvió a sacudir la cabeza.

—¿Que se disculparas?

—Sí, señor —dijo Sarah mientras recogía sus enseres—. Debía asistirlo anoche, pero el mayordomo le mandó una tarea que requería su atención de inmediato, así que no pudo venir y me pidió que le sacara yo la ropa a usted. Y como su señoría nos ha dicho que lo dejáramos descansar, tampoco ha venido esta mañana a vestirlo.

—No supone un problema; soy bastante independiente, en realidad —contestó—. ¿Vino usted a mi habitación anoche, Sarah?

—Sí, señor.

—¿Y me dejó el té? Me pregunto qué tipo de infusión era, me resultó desconocida.

Sarah frunció el ceño.

—¿El té, señor?

—El té... —Se giró para señalar la mesilla de noche, pero estaba vacía. Miró a su alrededor, intentando localizar la taza—. ¿Dónde está la taza? ¿La ha recogido usted?

—¿La taza, señor? Con toda seguridad que no.

Jonas estaba perplejo.

—Había una taza de té junto a mi cama anoche, cuando llegué. Un té de lo más amargo, dedo admitirlo. Y me preguntaba si no sería alguna otra cosa en vez de té.

—No sé nada de ningún té, señor. —Sarah también miró a su alrededor, como si pudiera ayudar a resolver el misterio—. No le traje nada anoche y no había ninguna taza cuando he venido ahora mismo a encender la chimenea. Y usted estaba profundamente dormido, así que no creo que la haya movido usted.

—¿Estaba roncando?

—No podría decirle.

—Pero ¿no ha visto ninguna taza?

Para entonces, Sarah estaba sinceramente interesada en el asunto.

—No, señor, de verdad que no. Pensándolo bien, lo único que había era el vaso ese junto a la jarra de agua.

Jonas empezaba a sentirse estúpido.

—Rayos. Qué extraño. Habría jurado que.. . Bueno, gracias, Sarah. No pasa nada.

La muchacha asintió y se dirigió hacia el panel del servicio.

—¿Quiere que traiga a Cecil para ayudarlo a vestirse?

—No, no, gracias, puedo yo. Solo el café y la tostada sería estupendo.

Cuando Sarah se hubo ido, Jonas se levantó de la cama con un quejido de dolor y apretándose la cabeza. Demasiado brandy en la salita, tenía que ser eso. La excusa para sus fantasías descontroladas de la noche anterior: una combinación de demasiado brandy y demasiada imaginación. Pero ¿había soñado una taza de té? Le parecía extraño crear una cosa así. Sí, estaba acostumbrado a tomar té antes de dormir, pero ¿por qué se le habría quedado esa imagen en la cabeza, con el sabor amargo? ¿Qué había bebido? No tenía sentido, pero no era más que otra peculiaridad de la casa que lo confundía.

Al igual que el extraño sueño que había tenido, que le había parecido tan real. ¿Cómo podía serlo? No había podido usar ni su cuerpo ni su voz, ¿qué podría tener un efecto así? Si no fuera una locura, habría jurado que lo habían poseído, de alguna forma, como si algún espíritu o fantasma se hubiera hecho con el control de su cuerpo. ¿De dónde habían salido esos pensamientos? Nunca se había recreado en las imágenes espantosas de fantasmas y aparecidos. La casa estaba consiguiendo retorcerle la mente, estaba seguro. Quizás era verdad y en la mansión habitaba algún tipo de espíritu maligno que se las apañaba para que los visitantes sintieran que estaban perdiendo la cabeza.

O puede que solo fuera una mala noche en un sitio nuevo durante una tormenta, Jonas, se dijo a sí mismo. Asintió y se frotó las manos mientras se sentaba en el pequeño escritorio para registrar sus pensamientos en su diario. Pensó que resultaría divertido volver a esa extraña pesadilla una vez estuviera de vuelta en la comodidad de su casa londinense. Y el café le ayudaría a despejarse, levantar el ancla para empezar a trabajar. Esperaba, de hecho, que Sarah le trajera una cafetera entera. Quería estar despierto cuando recorriera los terrenos, había mucho que quería examinar.

Cuando bajó, se encontró a la condesa viuda y a Lady Aldrange en el vestíbulo.

—Ah, señor Laurence, espero que haya dormido bien —dijo Lady Aldrange.

—Tan bien como se podía, imagino.

—Sí, siempre resulta difícil la primera noche en una cama ajena, ¿no es cierto? Una no consigue nunca ponerse cómoda —dijo Lady Aldrange con alegría.

—Siento decirle que se ha perdido el desayuno —dijo la condesa viuda—. Pero puede pedir algo, si quiere.

—No se preocupe. Ya me han dado café y tostadas.

—Bien —dijo la condesa viuda—. Hemos decidido dar un paseo hasta el pueblo. No queremos sacar a los caballos después de una tormenta como esa, pero su cochero, Donaldson, ha sacado el coche esta mañana, dice que es bueno para el motor, y nos ha asegurado que las carreteras no han sufrido demasiado después de la lluvia. Puede que paremos para comer, desde luego.

—¿Está Donaldson por aquí?

—Ah, sí, está fuera puliendo la máquina ahora mismo.

—Entonces debo insistir en que les lleve él. A menos que prefieran el paseo, claro.

—Nos gusta pasear...

—Ay, Clarissa, ¡me encantaría montar en un automóvil! —la interrumpió Lady Aldrange—. Graham tiene uno, claro, pero lo tiene en la ciudad tan a menudo que apenas tenemos oportunidad de usarlo nosotras. Vita lleva proponiendo comprar uno para la casa desde que nació el pequeño Christopher, pero entre una cosa y otra, todavía usamos nuestros carruajes.

—Entonces deben ir en coche, se lo suplico. Me dijeron que el tiempo aquí es impredecible y a Donaldson le encanta tener cualquier excusa para salir a la carretera.

—Si está seguro de que no le importa —dijo la condesa viuda—, puede que el coche sea mucho más cómodo.

—¡Ay, desde luego! —exclamó Lady Aldrange—. Y, hablando de caballos, señor Laurence, Vita no debería tardar en volver. Ha salido para dar su paseo, como hace siempre después del desayuno. Les ha tomado mucho cariño a los caballos.

—Espero su regreso.

—¡Los bocetos! —proclamó Lady Aldrange—. Casi los olvido. Mencionó que quizás haría algunos bocetos hoy después de su visita con Vita. Así que he buscado una serie de acuarelas que hice con Graham hace unos meses. Nos basamos en zonas actuales de los jardines y me dio instrucciones de cómo se imaginaba los cambios, que intenté plasmar en el papel. Pensé que podrían serle de utilidad, como referencia.

—Serían de gran ayuda.

—Bien, Vita se las enseñará.

Jonas las ayudó a subir al coche y, aunque Donaldson acaba de terminar de pulirlo, no pareció molestarle en absoluto la idea de volver a las carreteras embarradas. Jonas las despidió con un gesto de la mano mientras se dirigían al pueblo.

Justo en ese momento, Jonas vio a Vita aparecer por el prado empinado al lado este de la casa. Llevaba un elegante conjunto de montar a lo amazona, en verde y negro. Tenía las mejillas rosadas y el pelo ligeramente revuelto, pero, por lo demás, parecía bastante relajada, la viva imagen de la salud. A Jonas le resultó una visión reconfortante, después de una velada de ideas extrañas y sueños desconcertantes.

—Buenos días, Vita. Acabo de ver a su madre y a su suegra partir hacia el pueblo.

—Espléndido —dijo ella—. ¿Empezamos con nuestra visita?

—A menos que prefiera cambiarse.

—Para nada, esto es perfecto para pasear por el terreno. Venga, vamos a empezar por el lado este, ya que estamos aquí.

Lo llevó ladera abajo por lo que era más una colina que un prado y fueron hablando de los diferentes tipos de árboles que se habían ido plantando con los años. Los abedules que había visto la noche anterior parecían algo anémicos contra el verde lleno y frondoso de los robles y los olmos que tenían detrás. Sin embargo, le daban cierto encanto al conjunto.

—Ahí está el capricho que vi ayer —dijo Jonas, señalándolo. Con la luz del día se dio cuenta de lo robusto que parecía. Era una construcción de un estilo falso corintio, pero no resultaba tan desagradable a la vista ni dilapidado como las palabras de la condesa viuda le habían hecho creer.

—¿Todavía lo usan con frecuencia?

—¿Usarlo? —contestó Vita, apartándose unos mechones de pelo de la cara—. ¿Para qué podríamos usarlo?

—Fiestas de jardín, *fêtes*, ferias, cosas así.

—Ah, sí, ya veo —dijo, encogiéndose de hombros—. Nunca se me había ocurrido, la verdad. Como terratenientes de la zona no hemos hecho mucho con el fin de entretener desde que llegué a Hillcomb. Pero no es mala idea. A pesar de lo que dice mi suegra, yo no veo que tengamos que tirar la construcción. Estoy segura de que puede ser útil.

—Útil, sí, con toda seguridad —dijo Jonas. Y si sus pensamientos se desviaron a las idas y venidas secretas que debía de haber presenciado la noche anterior, no dejó que su tono lo indicara.

Cuando giraron una esquina de la casa les salió al paso el saliente de una estructura que lo sorprendió. Se paró para examinarla.

—Ahí está la antigua capilla —le explicó Vita.

—Hacía siglos que no veía nada igual —dijo Jonas.

Del mismo modo en que la casa principal se había construido con un estilo muy anterior a la fecha de su construcción, la capilla también se había diseñado para que pareciera arcaica. Hacía pensar en un lugar de encuentro medieval, como la iglesia más antigua de alguna aldea campesina. Pero, al contrario que la casa a la que parecía estar adjunta con tan poco atino, la fachada no daba el pego. A pesar de los intentos de replicar el arte basto, quedaba demasiado intencionado. Incluso la hiedra que crecía por los lados, amenazando con conquistar toda la estructura, parecía colocada, como buscando ese efecto. Resultaba a una vez desagradable y hermosa, insolentemente. Como si estuviera retando a cualquiera que entrara a cuestionar su derecho como reliquia de un mundo olvidado.

—Probablemente deberíamos tirarla, pues lleva mucho tiempo sin uso alguno. Data de los inicios de la casa, cuando la zona estaba mucho menos poblada. La familia no quería tener que hacer el largo camino hasta la iglesia, así que mandaron construir una pequeña capilla aquí, al lado de la casa. Para los bautizos y acontecimientos similares. Antes se podía acceder desde dentro de la casa también, lo que resultaba conveniente cuando el tiempo no era favorable. La puerta sigue ahí, claro, aunque cerrada y, supongo, sellada, pero quién sabe. Como ve, han dejado que este trocito aquí fuera regrese a su estado natural. Graham me ha contado que, cuando era pequeño, solía jugar por aquí, inventando aventuras e historias así.

—Es una obra arquitectónica fascinante y me gusta lo que el paso del tiempo ha hecho con ella. Podría resultarnos útil al rediseñar esta área del prado. Quizás podríamos incorporarla en un gran patrón de plantas, por ejemplo.

—Puedo imaginarlo. Creo que a Graham le gustaría mucho.

Continuaron caminando ladera abajo hasta que llegaron a los prados posteriores a la casa, parte de los cuales Jonas había estudiado desde la ventana de su cuarto. Iban hablando de los diferentes tipos de plantas que se habían hecho con el lugar y de los murillos de piedra que se habían construido para delimitar las diferentes áreas.

—Está tan falto de sofisticación y resulta un poco deprimente, a mi parecer —dijo Vita—. Mi suegra dice que es directamente isabelino.

Jonas sintió la necesidad de ir hacia el extremo del prado, allí donde empezaban los árboles. Miró hacia el bosque y vio algo.

—Ah, pero si hay una cabaña —exclamó.

Vita lo alcanzó.

—Sí, una cabaña. ¿Es interesante por algún motivo en especial? Hay muchas por el terreno.

—No especialmente, no —confesó—. Pero ayer, mientras miraba por la ventana, me pareció ver actividad allí. Pero la lluvia y el tiempo plomizo me impedían ver con claridad y no pude divisar exactamente qué era.

Vita le dedicó una mirada curiosa.

—Parece disfrutar usted mirando por las ventanas, ¿no es así?

A Jonas le sonó a reproche.

—Supongo que sí; debe de resultarle maleducado. Pero es que siempre estoy mirando al paisaje, por así decirlo. Es lo que llama mi atención, siempre intento dilucidar dónde está el encuentro entre la naturaleza y el hombre.

Vita sonrió levemente.

—No creo que resulte maleducado, no. La curiosidad siempre es sana, a mi parecer. De todas formas, esa cabaña es de Patrick, el primer caballerizo. Probablemente lo viera usted volviendo a casa o alguna situación similar.

—Ah, sí, Patrick. Nos conocimos a mi llegada. Seguro que era él. Tiene todo el sentido del mundo.

Regresaron a la parte principal de los jardines, estudiando los bancos cubiertos de maleza, los adoquines agrietados. Se pararon frente a una fuente marcada por los años y la falta de cuidados. Grandes enredaderas se entrelazaban por la figura principal de la fuente, sus zarcillos envolviendo brutalmente la estatua del ángel que la coronaba. Los capullos de colores a lo largo de la vegetación bloqueaban todo menos un ojo del rostro de piedra.

—¿Se espera la llegada de Lord Stanley antes de la cena? —preguntó Jonas mientras estudiaba la figura.

—En realidad, no —dijo Vita—. Tardará todavía un día más.

—¿Ha ocurrido algo?

—Nada grave, no creo; si no, nos lo habría dicho. —Empezó a caminar de regreso a la casa principal—. Patrick y yo hemos ido a caballo al pueblo esta mañana y hemos pasado por la oficina de correos. Había un telegrama de Graham para comunicar que se retrasaría un poco.

—Ya veo.

Empezaba a sentirse manipulado y ese pensamiento lo reconcomía por dentro. De alguna manera, sentía como si no estuviera allí para el trabajo que le habían ofrecido, sino como algún tipo de divertimento. ¿Lo habían traído solo para servir de distracción a una familia de señoras aburridas?

—¿Le molesta en demasía? —preguntó Vita.

—Podría preguntarle lo mismo, Lady Stanley —replicó él—. ¿No le molesta en demasía a usted? Este tira y afloja, esperando a su marido sin saber nunca cuándo aparecerá. Parece como si fuera algún juego de cartas continuo. Ni me imagino cómo lo soporta.

Jonas bajó la cabeza, sorprendido por su propia vehemencia, y se crujió los nudillos. Cuando miró a Vita, la mujer parecía haberse quedado atónita.

—Lo lamento —dijo Jonas con calma—. Ha sido inapropiado por mi parte. Ciertamente, no es de mi incumbencia.

Vita lo miró, pensativa.

—No, no. No se preocupe. Graham ya dijo que usted era dado a arranques de pasión.

—¿Eso dijo Graham? —Ahora le tocó a Jonas quedarse atónito—. No sabía que Lord Stanley contara con conocimiento tan íntimo de mi temperamento.

—Y no lo hace, desde luego, más que por reputación. Derrick le habrá contado alguna anécdota que otra durante sus visitas, supongo. ¿Quién sabe de qué hablan los hombres con su porto y sus puros después de cenar?

Jonas se quedó callado un momento. No había contado con la cercanía de Derrick a la familia. ¿Qué imagen habría dado Derrick de Jonas, exactamente? ¿Tendría Lord Stanley alguna aprensión respecto a Jonas y por eso retrasaba su llegada de esa manera?

—Para responder a su pregunta —dijo Vita, interrumpiendo sus cavilaciones—, la ausencia de mi marido no me irrita, porque tengo mucho con lo que ocuparme.

—¿Como sus caballos?

—Sí, como mis caballos. —Se rio para sí—. Ay, señor Laurence, usted ve más allá de lo superficial, ¿no? Graham también lo mencionó.

Jonas intentó dilucidar a qué se podría estar refiriendo, en relación con cosas sobre él que se hubieran mencionado con anterioridad. En verdad parecía como si se hubiera tomado ya alguna decisión sobre el tipo de persona que era.

—Me temo —dijo— que se trata del producto de una mente inquieta. No acostumbro a estar tanto a solas con mis pensamientos.

—Yo he aprendido a disfrutar de estar a solas con mis pensamientos, debo admitirlo —dijo Vita.

—¿Y no le provoca ningún tipo de resentimiento? —preguntó Jonas. Pensó en Pearson, solo en su apartamento de Londres.

Vita se rio, lo que lo sorprendió.

—¿Resentimiento? De ninguna manera. Verá, Jonas, mi marido y yo hemos tenido una amistad muy cercana la mayor parte de nuestras vidas. Incluso antes de nuestro matrimonio. Ni él ni yo hicimos gran cantidad de amigos en sociedad; me temo que ambos encontramos a la mayoría de la gente algo vacua y, sinceramente, falta de inteligencia. Puede que suene algo elitista, supongo, pero es cierto. Creo que usted lo entenderá, probablemente.

Bajó la barbilla, dándole la razón.

—Siempre nos quedábamos juntos durante fiestas y eventos sociales —continuó—. Así que parecía bastante inevitable que acabáramos casados; todo el mundo suponía que así sería. Nuestras familias, nuestras madres, que también eran muy amigas. Y así fue. Tenía sentido y era bueno para nuestras familias, tanto a nivel emocional como económico. Yo nunca iba a heredar Narrowend, la finca de mi familia, no con tres hermanos y una multitud de primos. Y no podía verme en la mayoría de las demás casas o familias a las que conocía. Así que tenía sentido que me quedara en Hillcomb. Y mi familia, aunque de riqueza más reciente que la de los Stanley, podía proporcionarme una dote y un presupuesto descomunales, lo que nos ha permitido, lentos pero seguros, convertir esta finca en la casa que queremos.

Habían llegado a lo alto de la colina al otro lado de la casa. Vita se giró, recorriendo los terrenos con la mirada.

—Desde luego, Graham y yo lo discutimos todo antes del matrimonio. Fijamos nuestros límites y sabíamos que ambos teníamos... intereses muy diferentes, por así decirlo. —Le dedicó una mirada curiosa—. Así como muchos intereses similares.

Jonas asintió, complacido de no haberla ofendido. Más que nada, se había quedado fascinado. Todos, la familia entera, eran muy originales; no se parecían a nadie que hubiera conocido. A primera vista no lo parecían, a decir verdad, pero sus actitudes mostraban un tipo de valores totalmente diferentes. Valores que le gustaban, tenía que admitirlo.

—Debo decir que todo resulta extraordinariamente moderno —dijo al final.

—Le aseguro que nos lo tomamos como un cumplido.

De nuevo en el interior, Vita le ofreció una bebida en el estudio y tomó una a su vez.

—Es una finca de gran tamaño —dijo Jonas—. ¿Tienen algún vecino?

—Tenemos vecinos —respondió Vita, reclinándose en el sillón de cuero—, pero apenas merece la pena hablar de ellos. Barnaby Manor, justo al otro lado del lago, allí, los Cheering. ¿Se imagina? Un nombre que suena tan alegre no podría pertenecer a alguien que lo mereciera menos. Tenemos un trato cordial, desde luego, y hacemos todo lo que debe hacerse; las visitas durante las fiestas y cosas así. Pero la relación es muy tensa desde la disputa.

—¿La disputa?

—Sí, con Nicholas, el hijo mayor. Era uno de nuestros pocos amigos de verdad desde pequeños. Graham, Nicholas y yo. Si alguien iba a ser nuestro tercero, entre todos los que conocíamos, era él. Graham y Nicholas era muy íntimos.

—¿Pero?

—Al final, Nicholas creció y se convirtió en un hombre con expectativas. Ni siquiera un hombre, en realidad, si me pregunta. Nada más que un chiquillo grande sin la convicción ni el coraje para ser él mismo. Solo para hacer lo que sus padres querían de él.

—En mi experiencia, no suena muy inusual.

—No, supongo que no, pero fue duro para Graham en particular. Nicholas lo hizo muy mal; tenían una conexión, esos dos, y Nicholas la destruyó. Sin piedad. —Suspiró—. Quizás fue lo único que pudo hacer. Pero no fue lo correcto.

La mujer se levantó y se rellenó el vaso.

—Bueno, Nicholas se mostró muy alegre en la boda, aunque el sentimiento no fuera fácilmente recíproco. Y nos envió un regalo adorable para el bebé. Así que supongo que no es todo tan malo.

Jonas meditó sus palabras. Por algún motivo, su indiferencia le resultaba algo irritante. Pensó en sus días en la ciudad, con sus compañeros de negocios y la supuesta élite social. A menudo se sentía como en guardia. Como si tuviera que controlar exactamente lo que decía y sobre quién lo decía. La enorme presión que eso ejercía sobre algunas relaciones; de hecho, era una preocupación que había afectado en gran medida a su relación con Pearson. Esa idea de que debían mostrar siempre una versión de sí mismos a todo el mundo, ya fuera Pearson fingiendo ser su ayuda de cámara al visitar a clientes o un mayordomo o secretario en casa cuando venía alguien que no perteneciera a su círculo. Y todo en nombre de mantener el orden «correcto» e inamovible de las cosas; todo en nombre de no echarse a uno mismo a los márgenes de la sociedad por su incorrección. Sin embargo, aquí, entre las clases que definían la sociedad y sus buenas costumbres, vivían sin reparo alguno. Como si esas cosas, esas cosas que en ocasiones consumían todas y cada una de las interacciones sociales de su día a día, no fueran más que banalidades que uno podía ignorar en función de sus intereses y deseos.

—Debo admitir —dijo finalmente— que son ustedes mucho más abiertas que muchas familias a las que he conocido. Mucha gente mantiene las apariencias, aunque esas mismas apariencias sean obviamente transparentes para cualquiera que las mire. Y, sin embargo, usted se expresa con tanta libertad. No puedo decir que no me sea desconcertante.

—Espero que no le parezca escandaloso.

—Escandaloso no es la palabra que usaría yo, exactamente —dijo con voz grave.

Vita se rio.

Jonas fue a rellenarse el vaso y se movió hacia la ventana para mirar al exterior. Qué verde parecía todo a la luz del sol, los prados ondulados, los árboles grandes y frondosos. La promesa de algo bueno y emocionante. Pero en su mente seguía la idea de que, por así decirlo, solo había que girar una esquina para encontrar la capilla deforme y medio derruida que, aunque estuviera cubierta de follaje descuidado que tiraba de ella para devolverla a la tierra, seguía en pie, irregular, obtusa y desagradable, con orgullo. Esa como si la finca le ofreciera ese desafío; como si, por mucho que aplicara sus diseños y rituales de embellecimiento, no pudiera escapar del todo de lo que había por debajo, punzante e inestable.

—Espero no parecerle demasiado desmañada —continuó Vita—. Pero le diré que no libero mi lengua con tanta facilidad con todo el mundo. Me ha emocionado, Jonas Laurence. No sabría decirle exactamente por qué, pero es así. Encaja en este lugar. Es como si fuera una pieza suelta de un puzle que nadie podía encontrar y cuyos bordes no parecen encajar, y, sin embargo, entra perfectamente en el espacio que faltaba por llenar. Admito que somos algo peculiares a nuestra manera individual. Pero creo que usted también lo es, posiblemente de la misma manera que nosotros. ¿Le parece que tiene sentido lo que digo?

Jonas no estaba seguro de cómo se sentía al verse así apelado. Lo que decía tenía sentido y, en verdad, se alegraba de que Vita viera esa conexión en él. Tenía que admitir que se sentía de manera muy parecida hacia Vita y las damas: con una libertad fácil para ser que rara vez experimentaba. Pero no estaba seguro de apreciar que la fachada que tan duro había trabajado por construir pudiera atravesarse tan fácilmente. Aun así, no debía actuar con precipitación. Al fin y al cabo, había venido a trabajar y era sin duda un lugar espléndido, una bola de arcilla resplandeciente, por así decirlo, que le ofrecían para que la moldeara en algo brillante.

—Hay algo en la tierra misma que hace que sienta como si este fuera mi lugar —dijo—. Está imbuida de una historia, una majestuosidad orgánica, que me inspira. Cuando miro los jardines, mi mente se llena de ideas: algunas imponentes y otras, sinceramente, casi temibles en tamaño y medida. Con la mayoría de los terrenos, puedo llegar y planificar, dividir el espacio en mi mente y ver cómo llenarlo con medidas y elementos exactos. Aquí árboles frutales, por sus flores y su olor, un lecho de flores aquí por sus colores y su lenguaje simbólico, allí setos por su definición, simetría y delineación. Pero aquí, en Hillcomb, siento historias más que veo diseños. Y esas historias parecen fluir por todas partes, tropezarse las unas con las otras para hacerse con el lugar y cubrirlo entero. Podría estar en lo alto de la colina ahora mismo con usted y encontrar sinfonía, y luego giramos y, de repente, una cacofonía. Resulta inquietante y, sin embargo, absolutamente fascinante. Es un desafío que espero con emoción.

Vita se levantó y cruzó la habitación hasta llegar al aparador.

—Cielos, con qué pasión habla de su trabajo. Resulta alentador y apasionante. Sé que tendrá mucho de lo que hablar con Graham.

Jonas puso los ojos en blanco y se giró hacia ella.

—Perdóneme, su señoría. Vita. Pero a menudo habla como si Graham y yo ya fuéramos amigos. No suelo pensar en mi trabajo como un evento social o como algo secundario a cualquier otro asunto. Es lo que me apasiona y, si me lo permite, lo que me mantiene vivo, no solo a nivel espiritual, sino también económico. Así que, aunque espero conocer a Lord Stanley, si es que llega a aparecer por aquí, me temo que no he venido para su entretenimiento ni su distracción.

Vita, paralizada a medio rellenarse el vaso, se mostró azorada.

—Lo he ofendido, señor Laurence. Lo lamento.

—Para nada —dijo Jonas, ligeramente avergonzado al haber dejado que su disgusto saliera tan libremente.

—Es que me recuerda usted a mi marido en muchos aspectos. Y no es un hombre que encuentre a muchos de mente parecida y disposición similar, así que me llama la atención. No pretendo minimizar la importancia de su trabajo.

—No, no, desde luego que no. Creo que no es más que mi mente embrollada. Estoy inquieto por empezar con el trabajo, por todos los motivos que le he mencionado, y me temo que me vuelvo algo irritable cuando paso demasiado tiempo sin trabajar.

—Lo entiendo perfectamente. Yo también necesito estímulos constantes. Gracias al cielo por mis establos. Bueno, ¿vamos a comer? Como solo somos nosotros dos, le he pedido a la cocinera que haga algo sencillo. Embutidos y ensalada.

—Creo que lo dejo para otra ocasión, si no le importa. Estoy impaciente por poner por escrito mis pensamientos. Pero Lady Aldrange mencionó que tenía unos bocetos para mí.

—Sí, claro —dijo Vita—. Espero que le sean de ayuda para planificar. Creo que son más fantasiosos que instructivos, pero mamá no podía esperar a enseñárselos. Es bastante buena, en verdad. Si hubiera continuado su formación con algo de vigor, creo que podría haber sido una artista de verdad.

—¿Qué se lo impidió? —preguntó Jonas.

Vita lo miró, sorprendida.

—Pues que se casó, evidentemente —dijo Vita, con voz alegre.

Capítulo 6

Conforme Jonas abría la puerta de su habitación, escuchó un sonido como de pies arrastrándose. Encontró a Cecil junto al escritorio, cepillando uno de sus sombreros. Levantó la vista del sombrero y sonrió con calidez. Quizás con un poco de calidez de más, de hecho. Es un sinvergüenza, se recordó Jonas.

—Hola, Cecil, no esperaba encontrarlo aquí en este momento.

—He venido a vestirlo para la cena, señor.

Jonas se acercó al escritorio. Dejó las acuarelas encima y recuperó su diario de la esquina donde lo había dejado antes. Quitó la pluma que había puesto dentro como marcador y cerró el diario con llave. Lo dejó encima de las acuarelas y lo empujó todo hacia el fondo del escritorio.

—¿Se da cuenta, Cecil, de que quedan horas para la cena?

Cecil asintió, dándole a Jonas el sombrero cepillado.

—No esperaba que volviera usted tan pronto —dijo Cecil—. Pensaba que estaría comiendo con su señoría.

Jonas dejó el sombrero en el escritorio y miró a Cecil.

—No me apetecía mucho comer.

Cecil se acercó.

—¿Me echó de menos anoche?

—¿Por eso ha venido, Cecil? ¿Para disculparse por lo de anoche?

Cecil soltó un bufido.

—No tengo nada por lo que disculparme, señor Laurence.

—No, claro que no. El mayordomo le mandó algo que hacer y tiene usted deberes con los que cumplir.

—Avery no me mandó nada —replicó Cecil con una sonrisilla—. No es más que lo que le dije a Sarah.

Jonas se sintió estúpido por la punzada de dolor que esas palabras le causaron. Era ridículo, claro, pero tenía que admitir que había esperado con ganas la compañía del hombre. A pesar de su extraño sueño, seguía insatisfecho, necesitaba un tacto real, piel contra piel, y el calor de un cuerpo contra el suyo.

—¿Así que cambió de opinión sobre visitarme? —preguntó, esperando que nada de sus emociones se reflejara en su voz.

Cecil se encogió de hombros.

—No exactamente, señor. Pero se me permite decidir qué hacer con mis noches, ¿no? No estoy a su disposición cada minuto del día para cumplir con sus deseos cuando sea. Creo que se me permite pasar el tiempo libre como yo crea conveniente, diga usted lo que diga.

Jonas sintió cierto malestar, de repente. Quizás se había acostumbrado demasiado a representar el papel del aristócrata. ¿Quién era él para exigirle nada a un hombre que solo se ocupaba de él por trabajo?

—Desde luego, no me refería a eso, Cecil. Solo quería decir... Mierda, ¿qué más da? —Se giró hacia el escritorio—. Gracias por el sombrero, pero ahora voy a sentarme a escribir, si no le importa.

—Venga, señor, no tenga tanta prisa. —Cecil tiró de Jonas hacia él—. No era mi intención molestarle. Pero es extraordinario cuando se exalta.

Cecil se acercó mucho a él y se humedeció los labios con la lengua.

—Y me alegra saber que me echó de menos.

—¿Eso he dicho? —preguntó Jonas.

Cecil le colocó bien las solapas de la chaqueta, dejando que sus manos se deslizaran hasta quedar en las caderas de Jonas, que vio la sonrisilla que empezaba a aparecer en los labios del hombre. Por muy incitante que fuera, estaba claro que el hombre sabía bien cómo hacer su papel.

—No suelo tener la oportunidad de servir a huéspedes como usted. —Cecil le frotó la entrepierna y ejerció presión. Jonas jadeó—. No querría decepcionarle.

Entonces, Cecil lo besó con pasión. Su lengua tentativa, su boca firme y agresiva, luego suave y atrayente. Se separó.

—Me han dicho en ocasiones que soy un ayuda de cámara ejemplar, señor.

—Sí —dijo Jonas—. Me lo imagino.

Cecil se arrodilló.

—Y tengo una reputación que mantener. En mi campo de trabajo, la reputación lo es todo.

Le desabrochó los pantalones a Jonas y metió la mano para sacar su erección. Jonas sentía como si tuviera que quejarse, pero el contacto le resultó en extremo grato. Había algo muy familiar y reconfortante en las manos de Cecil contra su piel. Y anhelaba, aunque fuera por un momento, acallar el ruido que le nublaba la mente. Sucumbió.

—Bueno —dijo—. No estaría bien que pusiéramos en riesgo su reputación, ¿no es así?

—No, señor —dijo Cecil, mirando hacia arriba con una mirada traviesa—. Gracias, señor.

Jonas cerró los ojos, echó la cabeza hacia atrás, y pidió no gemir demasiado fuerte.

La conversación después de la cena esa velada fue animada. La condesa viuda y Lady Aldrange tenían mucho que contar sobre su tarde en el pueblo: todas las caras familiares con las que se habían cruzado, las tiendas nuevas que había visitado. Y, desde luego, Lady Aldrange, la querida Flora, quería saber qué pensaba Jonas de sus manchitas de color, como las había llamado ella. Jonas se alegraba de poder elogiar con sinceridad su ojo y su talento. El tema llevó a una conversación sobre la opinión que le merecían los jardines en general y si pensaba que podía hacer algo (lo que fuera, de verdad, dijo la condesa viuda) con ellos. Les aseguró a las damas su convicción de que podía hacer algo y de que esperaba poder meter en vereda el color y la vitalidad de la vegetación local para hacer del terreno algo pintoresco. Tenía una idea vaga de pérgolas cubiertas de glicinas o rosas y, quizás, una galería con sombra donde las damas pudieran tomar el té.

Cuando Lady Aldrange se llevó el dorso de la mano a la boca para ahogar un bostezo, Jonas se dio cuenta de que Vita ya no estaba con ellos.

—Ha sido un día bastante largo —dijo la condesa viuda—. Creo que estamos listas para retirarnos.

—No tengo la menor idea de dónde se ha ido Vita —dijo Lady Aldrange—, pero quédese y tómese algo, si quiere.

—Gracias, señoras —dijo Jonas—, pero me parece que últimamente he bebido lo suficiente. Creo que buscaré algo de lectura en la biblioteca y, después, seguiré su ejemplo.

Acompañó a la pareja a la escalera, donde se separaron.

Cuando llegó a la entrada de la biblioteca, se sorprendió de encontrarse a Vita allí, sola. Estaba junto a la misma ventana desde la que él había estado observando la curiosa construcción la noche anterior.

—Ay, lo siento —dijo Jonas—. No era mi intención importunarla.

Vita se giró, sobresaltada, pero se recuperó de inmediato.

—Jonas, para nada. No me importuna usted. —Vita vio cómo Jonas estiraba la mano hacia el interruptor de la luz—. No, por favor, no encienda la luz todavía. He venido a por un libro y me he fijado en la forma en la que la luna ilumina los árboles de aquí fuera. Es especialmente hermoso. Parecerá una tontería, supongo.

Se giró hacia la ventana y Jonas se acercó a ella.

—Es mágico —confirmó él—. Observé lo mismo anoche.

—¿Anoche? —Vita mantuvo la mirada fija en el exterior—. Entonces, ¿vino anoche a la biblioteca?

—Sí, como me sugirió usted. Justo antes de retirarme a mi cuarto, vine en busca de algo interesante.

Vita se giró hacia él.

—¿Y lo consiguió? Encontrar algo interesante, quiero decir.

Jonas tenía la sensación de que bajo su pregunta se escondía una especie de prueba.

—Eso me pareció, al principio —respondió—. Pero resultó no ser gran cosa.

Vita asintió y volvió su mirada hacia el exterior. Parecía concentrada, como si buscara algo. ¿Una señal, quizás?, se preguntó Jonas.

—Lamento que mi marido se retrase tanto. ¿No le importa pasar las horas muertas de cháchara con nosotras?

Jonas se quedó a su lado y la mirada se le fue a la construcción del bosque.

—¿No resulta extraño —dijo— lo atractivas que pueden resultar algunas cosas, hasta el extremo, la primera vez que las vemos? ¿Cómo parece que llenan todos los huecos que creíamos vacíos y suavizan todos los bordes que creíamos irregulares? ¿Y cómo, a pesar de sus promesas, consiguen dejarnos sintiéndonos tan vacíos como siempre?

Vita se giró para mirarlo. Tenía los ojos algo entrecerrados y su expresión era inquisitiva, incluso desafiante.

—En realidad —siguió Jonas dándole la espalda a Vita y a la ventana con un suspiro—, no tengo afán alguno de volver corriendo a Londres. Me dejé los próximos días libres para ocuparme de... cualquier asunto pendiente que pudiera surgir.

—Bien, entonces, ¿no? —dijo Vita vagamente.

—Sí, supongo que sí. Si me consideran adecuado, podré dedicarme de lleno a los planes para Hillcomb durante algunos días.

—No dudo que sea usted adecuado —dijo Vita—. Aunque la última palabra la tiene Graham, desde luego, presiento que sus necesidades se verán cubiertas.

Se inclinó hacia delante, apoyando las manos en el alféizar.

—¿Ha comprobado cómo se encuentra su empleado, Donaldson? —preguntó Vita—. Seguro que nuestro servicio se ha encargado de que esté cómodo, pero no sería bueno que nadie se sintiera desatendido, sin importar su nivel social. Creo que todos los que nos proporcionan algo deberían contar con nuestra completa atención. ¿No le parece, Jonas?

Su rostro era una máscara. Jonas pensó que lo estaban echando de manera educada, pero ver una cara familiar como la de Donaldson le vendría bien en ese momento.

—Sí, estoy de acuerdo. De hecho, es muy buena idea. La dejaré tranquila en ese caso —contestó—. ¿Le enciendo la luz al salir?

—No. No se moleste, si no le importa.

—Para nada. Buenas noches, Vita.

—Buenas noches.

Después de equivocarse con varias habitaciones y escalinatas, en combinación con algo de suerte adivinando, Jonas consiguió encontrar las escaleras al ala del servicio y empezó a descenderlas. Incluso antes de llegar al último escalón, sintió un humor excelente sobrevenirle. Le llegaba calor desde abajo, sin duda los fuegos de la cocina llenando la estancia, una charla agradable e, incluso, si no se equivocaba, el dulce trino de una encantadora voz cantando. Parecía que el ala de los criados en esa casa se encontraba a un mundo de distancia de las habitaciones superiores, con su austeridad y su frialdad.

Costaba imaginar, al entrar en la estancia y observar la animada escena, que se tratara de la misma casa. Una joven doncella lo vio y soltó un grito ahogado que hizo que el ruido se apagara de golpe y las cabezas se giraran hacia él.

—Ah, no se preocupen —oyó la voz de Donaldson resonar—. No es más que el señor Laurence. No tienen que contenerse por él, es un buen tipo. Para nada como los empingorotados de esta casa.

Jonas encontró a Donaldson siguiendo su voz y lo vio sentado en un sillón que parecía cómodo con una mujer, una doncella de cocina, al parecer, por su delantal y su vestimenta, sentada muy cerca fingiendo no mirarlo con adoración. Jonas sonrió. Donaldson, por lo menos, parecía haberse acostumbrado bastante bien a sus aposentos temporales.

—Sí, sí, por favor —exclamó Jonas, notando cómo volvía al acento de su juventud—. No se preocupen por mí. Sigan divirtiéndose; me alegra verlos. Solo he venido a hablar con Donaldson, nada más.

Los sirvientes parecían desconfiados, pero la conversación se restableció, sin, para decepción de Jonas, las canciones. Cuando Donaldson se acercó a él, Jonas se dio cuenta de que no tenía una razón de verdad para hacerle una visita a su chófer a horas intempestivas. Pero, al mirar el ambiente cómodo y agradable de la estancia del servicio, se deleitó con la atmósfera. Y, también, así retrasaba otro inevitable encuentro con aquel cuadro terrible y perturbador.

—Hola, señor —dijo Donaldson.

—Hola, Donaldson. Pareces haberte integrado a las mil maravillas.

Donaldson echó la vista hacia la sala.

—Supongo que así es, señor. Creo que he aprendido a sentirme como en casa en cualquier sitio, con lo mucho que viajamos.

—Ya veo —dijo Jonas sin ánimo en la voz.

Donaldson lo miró.

—¿Puedo ayudarle con algo? —preguntó.

A Jonas se le ocurrió la semilla de una idea y decidió desarrollarla.

—La verdad es que sí —dijo—. Tenía un libro cuando llegamos, *Regalos para el Sheikh*, y ahora no consigo encontrarlo en mi baúl en el cuarto. Me preguntaba si lo habrías encontrado; quizás lo dejé en el coche.

Donaldson se quedó pensativo.

—No, señor. No he visto ningún libro. Pero estaré atento por si lo veo.

—Si, por favor, Donaldson, te lo agradezco. Si lo ves por algún sitio, cógelo. No es un libro adecuado para todo el mundo —explicó Jonas con cautela.

—Ah, no es adecuado para las jovencitas, ¿no? —dijo Donaldson con una sonrisa.

—En efecto.

Hubo un momento de silencio incómodo y Jonas se giró para dirigirse de nuevo a las plantas superiores.

—Bueno, gracias, Donaldson. Lo dejo en tus manos,

—Señor. Me preguntaba... —empezó Donaldson—. Bueno, señor, ¿va todo bien? A usted, quiero decir.

Jonas se volvió para mirarlo.

—¿Bien? ¿Por qué no iría todo bien, Donaldson?

Donaldson se rascó la barbilla y miró hacia atrás por encima del hombro.

—Es que Patrick, quiero decir, el primer caballerizo, dijo que oyó ruidos extraños en su cuarto ayer, sobre la medianoche. Y como que me pregunté si no estaría usted enfermo o algo así.

Jonas recordó ese sueño tan desconcertante. ¿Habría gritado en sueños? Se aclaró la garganta.

—¿Ruidos extraños? —preguntó, esperando no estar sonrojado—. ¿Qué tipo de ruidos extraños?

—No estoy seguro, señor. Pero dijo que sonaba como si se estuviera produciendo algún tipo de riña o altercado.

—¿Eso dijo? —Jonas no supo cómo responder, así que prefirió evitar la pregunta—. ¿Y qué hacía Patrick en la planta de arriba a medianoche? No parece una hora normal para requerir los servicios del jefe de cuadra.

—No sabría qué decirle, señor —dijo Donaldson a toda prisa—. Solo pregunto porque dicen que pasan cosas extrañas en esa habitación.

—¿Cosas extrañas?

—Sí, señor. Una de las doncellas me dijo que los visitantes que se han hospedado en esa habitación han sufrido sucesos extraños, insólitos. Hay historias, ¿sabe? Parece que algunos inquilinos no estaban a gusto en aquel lugar.

—¿Qué tipo de historias?

—No sabría decirle, exactamente. Son bastante vagos, esos relatos. Pero dicen que Lord Stanley insiste en que ningún invitado se hospede allí. Es decir, normalmente. Parecen creer que significa al go.... Bueno, cómo decirlo.... Que hay una maldición para la gente que se queda allí.

Jonas intentó reprimir el escalofrío que le causaron las palabras del otro hombre. Parecían contribuir al presentimiento que tenía desde la tarde. No podía evitar preguntarse si el haberlo colocado en esa habitación no era más que otra prueba de sus anfitrionas. ¿Por qué habían elegido esa habitación, una que inspiraba tanta charla y chismorreo.

Se aclaró la garganta.

Bueno, Donaldson, ya sabe cómo son en el campo a veces, especialmente con lo aislados que están aquí. Historias, supersticiones, todas esas cosas. A veces hace que un día de tareas pase más rápido, pensar que puede haber espíritus a la espera antes que aceptar que esa habitación no es más que, a la fuerza, una habitación.

Donaldson enarcó las cejas.

—Claro señor. Si usted lo dice.

—Lo digo, sí. —Jonas dio un paso atrás—. Pues buenas noches, Donaldson.

Donaldson se tocó la frente, como si fuera a quitarse la gorra que solía llevar.

—Buenas noches, señor.

De regreso en la temible oscuridad del mundo de arriba, Jonas se dirigió a las escaleras. En cuanto llegó al primer escalón, miró al espantoso retrato que se había convertido en su némesis. Con cada encuentro, le parecía diferente y parecía *mirarlo* a él de otra forma. Esa noche, había conseguido poner su mirada más dramática hasta el momento. A cada lado del rellano, las dos mesas tenían lámparas encendidas. Había tres lámparas en la mesa. Una por persona, era de suponer, así que solo tendrían que quedar dos. Desde luego, la condesa viuda y Lady Aldrange probablemente compartieran una lámpara, así que parecía que Vita todavía no había subido.

Levantó la cabeza hacia el cuadro, ahora cubierto por el brillo cálido de las velas encendidas, e hizo una mueca. Toda la escena parecía algún tipo de altar a un dios pagano o un santuario para acoger al mismísimo diablo a las puertas del infierno. Jonas levantó la vista y miró directamente a los ojos a la figura del retrato. El hombre parecía estar riéndose de él. El maldito cuadro le estaba afectando de tal manera que le costaba respirar y se le estremecía todo el cuerpo. Tomó una de las lámparas y se acercó, tocando la superficie. Nada. Nada más que lienzo y óleo seco, los trazos gruesos e irregulares. Nada más. Como era de esperar.

Abajo, en algún sitio, una puerta se cerró de un portazo, y Jonas se giró. No veía a nadie en la planta baja y ya no se oía ningún otro ruido. Sin embargo, tenía los nervios a flor de piel.

Al darse la vuelta, sintió el cuadro amenazador sobre su cabeza. Entrecerró los ojos ante el semblante suficiente.

Da gracias de que no soy arquitecto, pensó. *Si no, me desharía de esta criatura de inmediato.*

—¿Qué te parecería eso? —dijo en voz alta, en tono agitado. Entonces se controló, sintiéndose estúpido por enfadarse con el dichoso cuadro.

—Ya basta —se dijo por lo bajo. No eran más que simplezas y tonterías y ruido en su cabeza.

Echó un vistazo al largo y frío pasillo que llevaba a su habitación y se llenó de irritación. Ojalá fuera como las estancias de los sirvientes, cálido y acogedor, en lugar de tan frío y espeluznante y vacío y solitario. Lanzándole una última mirada de asco al retrato, siguió su camino.

Todavía irritado, Jonas no se quedó más tranquilo al encontrarse a Cecil esperándolo en la cama. Cecil se había quitado la chaqueta y los zapatos y se había desabrochado la camisa, con lo que la camiseta interior resaltaba su pecho definido, con unos suaves rizos asomando por arriba. Parecía tremendamente cómodo.

Le sonreía a Jonas con la mirada borrosa, al parecer borracho; de vino o de lujuria, Jonas no estaba seguro.

—¿No se está tomando demasiadas confianzas? —le reprochó Jonas.

Como la chimenea ardía con fuerza, llevó la lámpara a la repisa y apagó la mecha.

—¿Qué ocurre? —preguntó Cecil—. Pensaba que había disfrutado de la tarde.

—¿Y qué? —Jonas se apoyó contra la repisa de la chimenea, dándose un masaje en le puente de la nariz.

—Pensaba que podríamos disfrutar también de la velada.

Aunque sabía que Cecil intentaba tranquilizarlo, no podía dejar de sentirse irritado. Si esta escena se hubiera dado la noche anterior, como se suponía, no se habría visto asediado por aquel terrible sueño que lo había dejado expuesto a la humillación y las especulaciones. Sus ojos se posaron de golpe en la mesilla de noche.

—¿Hoy no hay té? —preguntó, brusco.

Cecil se incorporó en la cama y se movió al borde.

—¿Té? —Su rostro se volvió dulce. Parecía tan sorprendido, tan inocente. Tan peligrosamente bello.

—Anoche me dejó té, ¿no? —preguntó Jonas, su voz también algo menos dura.

—No le traje té, señor. Sería Sarah.

—Ella dice que no me trajo nada.

Cecil sonrió y sacudió la cabeza.

—A Sarah le falta un hervor, señor. No tiene la cabeza del todo amueblada, si entiende lo que quiero decir.

Se levantó y fue hacia Jonas, que suspiró profundamente.

—Hay demasiados juegos a la vez en esta casa —dijo.

—No hay juegos aquí, ahora. No hay misterios —dijo Cecil. Empezó a desanudar la corbata de Jonas y darle un masaje en los hombros—. Y no va a necesitar un té esta noche. Me aseguraré personalmente de que se quede relajado.

Le dio un beso en los labios, pero Jonas lo apartó.

—Lo lamento, pero no estoy de humor ahora mismo —dijo Jonas.

Cecil fingió un mohín.

—Lo lamento, pero yo sí estoy de humor, señor. Deme un beso. Solo tiene que relajarse.

Se apretó contra Jonas y movió la boca.

Jonas giró la cabeza.

—¿Seguro que no le gustan los juegos, señor? —preguntó Cecil—. ¿Quién está provocando ahora?

—Le aseguro que no es mi intención provocarle —insistió Jonas—. Es solo que no me encuentro con ganas de compañía.

Cecil le agarró de la barbilla con fuerza e intentó girarle la cabeza para besarlo otra vez, pero Jonas se soltó. Cecil se apartó apoyándose en la repisa y le dedicó una mirada de pena a Jonas.

—Ah, sí, usted y su señoría Lord Stanley se van a llevar estupendamente —dijo, con voz cortante como un cuchillo—. Diría que van a ser uña y carne.

Jonas sacudió la cabeza. ¿Qué tenía que ver Lord Stanley con todo esto? Siempre era el nombre de aquel hombre, colándose en conversaciones como el espectro de un fallecido reciente.

—¿Disculpe?

Cecil le dedicó una risa breve y gutural conforme recogía las prendas de su uniforme que se había quitado antes.

—Tampoco tiene muchas agallas, el señor Graham Grey.

—¿Agallas? ¿Eso qué quiere decir, exactamente? —replicó Jonas.

—Perdóneme, señor —contestó Cecil—, pero actúa como si quisiera algo y luego de repente como si no. ¿O es que ya ha conseguido todo lo que quería de mí? ¿Y ahora ya ha terminado conmigo?

Jonas se enderezó y dio un paso al frente.

—Creo que está yendo demasiado lejos, Cecil. No pretendía insinuar nada del estilo.

Cecil chasqueó la lengua.

—No tiene por qué preocuparse en su linda cabecita, señor. No con el bueno de Cecil, no. Yo también he conseguido lo que quería. —Hizo una pausa y dejó que sus ojos recorrieran de arriba a abajo el cuerpo de Jonas—. Más o menos, señor. Más o menos.

—Cecil, escúcheme.

Pero Cecil ya estaba en el panel que daba al pasillo de los sirvientes, abriéndolo. Se giró y le dedicó a Jonas una reverencia exagerada.

—Que sueñe con los angelitos, señor Laurence.

Jonas se quedó quieto un momento, perplejo. Lo había dejado estupefacto lo rápido que se le había amargado el humor al joven. Solo quería que lo dejaran tranquilo; no había sido su intención ofender a Cecil. El joven no parecía tomarse bien no llevar las riendas, eso estaba claro. Quizás, en el poco tiempo que se conocían, Cecil había desarrollado una conexión con él más fuerte de lo que Jonas pensaba. El cambio de humor brusco sugería problemas más profundos. Quizás podría solucionarlo por la mañana, hacer que Cecil entendiera que solo era que tenía los nervios a flor de piel, no que quisiera desecharlo del todo.

Miró al escritorio y el diario que allí había dejado. Quizás debería ponerlo todo por escrito; normalmente eso le ayudaba a poner en orden sus sentimientos. Pero sacudió la cabeza. Ahora no, no esta noche. Lo que menos quería en ese momento era perderse en sus propios pensamientos todavía más. Lo que necesitaba era dormir; lo que le hacía falta era dormir. La noche anterior no había sido reparadora, y Jonas la culpaba por la bruma que le embotaba el cerebro.

Se pondría la ropa de dormir. Le vendría bien un descanso.

Capítulo 7

Jonas se despertó con un grito ahogado de un sueño lleno de ojos astutos, rostros hermosos, el olor a óleo y el roce de las llamas. Miró a su alrededor. ¿Había oído un ruido al despertarse? Sentía como si algo le hubiera indicado que tenía que abrir los ojos, una presencia en la habitación. Pero la habitación estaba oscura y, al parecer, vacía. No tenía ni idea de cuánto había dormido. El fuego se había convertido en solo brasas y Jonas sintió un escalofrío. Las sábanas apenas lo protegían del frío, así que se levantó de la cama para acercarse al armario que había junto a la ventana, donde recordaba haber visto una colcha guardada.

Volvía a tronar, pensó Jonas al escuchar el retumbar en el exterior. Volvió a sonar inmediatamente, sin pausa, y, escuchando con más atención, se dio cuenta de que lo que pensaba que eran truenos era en realidad el ladrido de los perros. Había varios ladrándose unos a otros. Pasó al lado de la ventana y se fijó en le cristal. Moviendo la cabeza, pensó en alejarse, negándose a verse enredado de nuevo en un juego de sombras. Sin embargo, había visto un movimiento por el rabillo del ojo, algo parecido a la forma y la figura de una persona, y la curiosidad pudo con él.

La figura se hizo visible y era en efecto un hombre. Un hombre con pantalones y chaleco, paseando por los jardines. Patrick, el mozo de cuadra, pensó Jonas con un asentimiento de cabeza, volviendo a su cabaña. Pero el hombre se paró y levantó los brazos para llamar a dos perros y luego, a un tercero, para que se le acercaran y lo rodearan, sus ladridos retumbando incluso a través del cristal. Bajó los brazos y los perros salieron corriendo de nuevo. El hombre misterioso se giró hacia la casa. Levantó la cabeza y miró directamente a la ventana de Jonas. La luz de la luna iluminó su rostro y Jonas ahogó un grito, tomando aire sin poder creerse lo que veía. Allí, en medio del jardín, estaba el hombre del cuadro, el antiguo Lord Stanley, con sus ojos astutos. Jonas sacudió la cabeza, negándose a aceptar lo que su mente le decía. El hombre sonrió, entonces, y le dedicó una inclinación de cabeza, todavía mirando hacia la ventana. Jonas dio un traspiés hacia atrás, alejándose de la ventana, conmocionado de que hubiera reconocido su presencia. Se frotó los ojos.

—Qué sandez —dijo en voz alta—. Es imposible.

Se regañó. Un hombre muerto hacía décadas no podía estar paseando por el campo. Seguro que había sido Patrick y su mente exhausta le estaba jugando una mala pasada de nuevo. Se negaba a creerlo. Pero sintió la necesidad de volver a mirar, solo para asegurarse.

De nuevo junto a la ventana, no vio nada, a nadie. *¿Ves?*, se dijo, *trucos de la mente*, nada más. Pero entonces volvieron los perros a su campo de visión y el hombre reapareció de nuevo, pasando por detrás de uno de los enormes arbustos deformes. Ahora estaba más cerca de la casa. Jonas lo miró, intentando vislumbrar su rostro. Intentando convencerse a sí mismo de que no había visto lo que creía haber visto. Cuando el hombre estaba apenas a unos metros, se paró y volvió a mirar hacia arriba, directamente a Jonas. Se miraron fijamente a los ojos. El rostro que le devolvía la mirada era el del retrato, sin lugar a duda. Jonas pensó que iba a desmayarse y posó la mano en el cristal para recuperar el equilibrio. El fantasma, cosa que Jonas ya había aceptado que debía ser, pareció reaccionar a ese movimiento. Asintió y levantó su propia mano, como para devolverle un saludo. Jonas parpadeó, abrumado, y bajó la mano, alejándose de la ventana.

Sin poder evitarlo, volvió corriendo hacia el cristal, pero el hombre había desaparecido.

—No —dijo entre dientes—. No más juegos.

Salió corriendo de la habitación, sin más parada que una junto a la puerta para tomar unos zapatos, los que se había puesto para cenar, y voló hacia el pasillo.

Bajó a toda prisa las escaleras, sin pararse a mirar el endemoniado cuadro. Cuando llegó al final de las escaleras, se tropezó y cayó al suelo. Al hacer fuerza para levantarse, se giró hacia el cuadro. Ahora no había luz que lo iluminara, pero la silueta del rostro podía entreverse incluso entre las sombras y habría jurado que le brillaban los ojos, sin duda riéndose de él y maldiciéndolo por ser una criatura ridícula.

—Maldita sea tu estampa —dijo por lo bajo.

Y entonces, el sonido de risa apagada le llegó de algún lugar.

En un instante se puso de pie.

La risa reverberó y luego se apagó, dejándose el espacio hueco con el silencio repentino.

—¿Quién anda ahí? —gritó.

La única respuesta que recibió fueron los aullidos y los ladridos de los perros en algún lugar alejado de los jardines. Corrió hacia la puerta principal, decidido a encontrar al fantasma y enfrentarse a él. Tenía que acabar con esta tontería. Empujando la puerta, se encontró en el *porte-cochère*, inseguro de hacia dónde tirar. Le pareció oír un movimiento, pasos en la gravilla, y entonces el aullido de los perros de nuevo, desde el este de la casa. Fue hacia allí.

Rodeando el lado de la casa, no vio a nadie ni oyó perro alguno. El aire era más seco que antes, fresco como justo antes de una tormenta, cuando el viento soplaba y las nubes recogían toda su humedad para descargar el torrente. Como para confirmar sus sospechas, oyó el retumbar de los truenos en la distancia, siguiendo a los relámpagos. No estaban cerca, pero fue suficiente para iluminar los árboles cercanos un momento y pudo ver la silueta del capricho. El sonido de los perros volvió a oírse, pero no pudo discernir de dónde venía.

Bajó a trompicones la ladera y dejó atrás la capilla, pero la oscuridad hizo que se olvidara de lo empinada que estaba. De repente estaba cayendo, rodando colina abajo. Notó el golpe de una piedra en la rodilla, rasgando la delgada tela de su ropa de dormir. Estaba demasiado conmocionado para gritar y, antes de que supiera lo que estaba pasando, aterrizó al fondo con un golpe seco.

Se puso de pie a toda prisa y miró a su alrededor, intentando avanzar. Pero estaba mareado de las volteretas y cayó hacia atrás, notando el suelo contra la rabadilla.

¿Qué hacía? ¿Perseguir un fantasma en plena noche? A medio despertar y a medio vestir, ¿había salido al jardín a hacer qué, exactamente? Enfrentarse a un fantasma que juraba haber visto desde la ventana de su cuarto. Se dio cuenta en ese momento de lo delirante que sonaba. Prestó atención y no oyó perros, ni ladridos ni aullidos. Ni siquiera los horribles chillidos de los malditos zorros. Lo único que oyó fue el retumbar inminente de los truenos. Una nueva tormenta formándose y dirigiéndose hacia él. Miró tan lejos como la vista se lo permitía y vio la luna brillando en la superficie del lago. Se recostó en el suelo, sintiéndose estúpido y derrotado.

Empezaron a caerle gotas en la cara y se levantó. Se sentía estable a pesar del dolor en la rodilla, así que empezó a subir la colina. Sonó un trueno y empezó el diluvio, una tromba de agua cayendo sobre él. Con más de un resbalón, y tras estar a punto de caerse otra vez, llegó a la cima justo cuando el aluvión tomaba fuerza.

Estaba a apenas unos pasos de la capilla, a la que se dirigió, esperando que las puertas no estuvieran tapiadas y pudiera conseguir un refugio temporal de los elementos.

Mientras empujaba la puerta hacia dentro, los truenos resonaban con fuerza en el cielo. Llegaron más rayos y la lluvia siguió avanzando. La brisa que entró con él pareció apresurarse hacia la parte superior del alto tejado de la capilla y remover el aire frío que allí residía. Se estremeció y se rodeó el torso con los brazos. Si hubiera sido un hombre de fe, quizás habría aprovechado la ocasión para rezar, pedir consejo o, al menos, un claro entre las lluvias. Pero, en su lugar, buscó un sitio donde sentarse y descansar un momento. Había bancos apartados hacia un lado, algunos rotos, otros con la madera podrida cayéndose a pedazos, pero quedaba uno entero todavía de cara al altar. Resultaba un poco inquietante en la oscuridad de la noche, no reconfortante como le habían dicho que debería ser la religión. Sin embargo, era un refugio y se dejó caer sobre el banco, permitiendo que su cuerpo reconociera los dolores y los cortes y los arañazos que acababa de causarle.

Se quedó sentado observando el gran espacio que había detrás del púlpito. Pensó que tenía el tamaño exacto para poder colocar el horrible cuadro de las escaleras. Quizás alguien debería bajarlo y darle un nuevo hogar en la capilla.

Y entonces lo oyó. La misma voz espeluznante de la noche anterior. La voz que lo había visitado en sueños.

—Jooooonassss.

La misma voz que lo había acallado cuando sus extremidades estaban petrificadas.

—Joonassss.

Se quedó paralizado. Claramente, se estaba volviendo loco. De eso ahora estaba seguro.

—Joooonasssssss.

Ahora más fuerte y con un final sibilante. Se levantó de un salto.

—¿Quién anda ahí? —exigió.

—Joooonasssssss.

Ya no era solo su mente; no podía serlo. ¿verdad? No, una voz de verdad lo estaba llamando, retorciendo su nombre.

—¿Quién es usted? —gritó—. ¡Salga!

Se oyó el murmullo de una risilla, profunda y distante.

—No voy a seguirle el juego —exclamó Jonas.

—Joooonassss —lo llamó la voz.

—¡Ya basta! —gritó, girándose hacia la puerta.

—Laaarrrry. —La voz aumentó el volumen.

Jonas se quedó paralizado, incapaz de moverse.

—Laaarrrry Jo.

Ya nadie lo llamaba Larry Jo. La única persona que lo había llamado con ese apodo: Marcus. Marcus... su antiguo amante; su amante fallecido. Jonas notó cómo algo se desataba en su pecho y empezó a hiperventilar.

—¿Marcus? —susurró—. Marcus, ¿eres tú? ¿Como es posible?

Intentó mover los pies, pero no lo consiguió; apretó y relajó los puños.

—Larrrrrrry Joooo —repitió la voz.

La voz parecía haberse ido a otra parte de la capilla. Jonas se giró, intentado localizar de dónde venía.

—¡No! —gritó—. ¡Salga de una vez!

—Larry Joooooo, ¿por qué lo dejaste también?

—¿Cómo? —chilló Jonas—. ¿A quién?

—¡Peeeeearson! ¡Lo dejaste igual que me dejaste a mí!

Se oyó un trueno en el exterior.

—¡No he dejado a nadie! —gritó Jonas.

—¡SÍ! ¡ADMÍTELO! —le exigió la voz—. ¡También lo abandonaste!

Jonas se llevó las manos a la cara y sacudió la cabeza, luchando contra esas palabras. Pero, en algún sitio, en lo más profundo de su mente, la voz conectó con la verdad. Había abandonado a Pearson, al igual que había abandonado a Marcus mucho antes. No de la misma manera, pero el resultado había sido el mismo. Le había dado a Pearson años de su vida. Pero, en realidad, ¿qué le había dado Jonas? Un eco de amor, un boceto a carboncillo de un compañero, sin color ni dimensión; eso era todo. Durante el tiempo que habían pasado juntos, Jonas había estado siempre corriendo, huyendo de emociones que no se atrevía a reconocer, en búsqueda de algo vago que nunca estaba a su alcance. Se había pasado esos años intentando cubrir una necesidad de amor que lo carcomía por dentro, un amor de una profundidad que nunca había sentido con Pearson. Amor de una profundidad que solo había sentido una vez: con Marcus.

—¡Déjeme en paz! —gritó Jonas—. ¿Qué truco es este? ¿Cómo conoce esos nombres?

Había tenido suficiente. Jonas se giró hacia la puerta.

—¡Mataste su amor! —La voz adquirió un nuevo matiz estridente, como el gemido del viento—. ¡Igual que mataste a Marcus!

Jonas se paró en seco. Sentía como si le hubieran clavado una daga en el pecho. Señor, ¿qué estaba pasando? ¿Había perdido por completo el control de sus facultades? ¿Cómo podía estar pasando algo así?

—¡No maté a Marcus! —replicó contra la voz fantasmal.

—¡SÍ LO MATASTE! ¡ADMÍTELO! ¡Si no le hubieras roto el corazón, nunca se habría ido a la guerra!

Jonas se dejó caer sobre el banco roto más cercano. Un sollozo, con la intensidad del fuego, le ardía en el pecho. Era verdad y le dolía más de lo que podía creer. Marcus era la única persona a la que había querido de verdad, pero no había podido aceptar el amor de Marcus, no del todo, no en la forma en la que Marcus quería ofrecérselo, no entonces. Había sido demasiado para Jonas. Así que lo había rechazado, lo había apartado de su vida. Su intención no había sido nunca que fuera para siempre. En algún sitio, en lo más profundo de su mente, en lo más profundo de su corazón, sabía que siempre volvería a Marcus. Cuando pudiera, cuando fuera capaz. Cuando estuviera preparado para ese tipo de amor. Pero Marcus no había podido soportar el dolor, así que se había ido, se había metido de lleno en la Guerra de los Boers. Había luchado como un loco, por lo que le habían dicho, se había abierto camino por los campos, cazando al enemigo. Y Jonas sabía que el enemigo al que había cazado en realidad era él; que Marcus le había declarado la guerra al corazón roto que le había dejado Jonas. Hasta que ya no quedaba nada, nada contra lo que luchar. Hasta el día en que Jonas había recibido una carta de la hermana de Marcus, informándole de su muerte en combate.

Y Jonas, a su vez, había estado luchando contra su corazón roto. Todos esos años se había estado diciendo a sí mismo que había algo más, algún tipo de amor fuera de su alcance. Un anhelo que no podía identificar, una sombra a la que no conseguía dar forma en algo real y concreto. Pero sabía, lo había sabido siempre, aunque no pudiera admitirlo, que lo que quería era el tipo de amor que había compartido con Marcus. Desde entonces se había conformado con satisfacciones pasajeras o con un amor que se parecía a lo que se decía a sí mismo que quería. Aunque sabía que no podría estar a la altura o alcanzar la dimensión de lo que su corazón anhelaba. Al intentar negar la profunda culpa que sentía por lo que le había hecho a Marcus, al intentar convencerse de que buscaba algo más, en vez de aceptar la rabia que sentía hacia sí mismo, no se había permitido volver a querer a nadie de verdad. Al intentar ahogar el dolor y el remordimiento con los que cargaba como consecuencia de sus años con Marcus, había convertido a su corazón en un objeto, algo que examinar y que comentar, que escribir en las páginas de su diario y luego encerrar con un cerrojo de metal, en vez de algo real, palpitante, vivo y con necesidades.

El fuego se liberó y Jonas empezó a llorar. Sollozos profundos que hacían que se le estremeciera todo el cuerpo, el dolor de todos esos años enterrado tan al fondo. Gimió y lloró, quería gritar hasta que el dolor desapareciera. Y aunque no estaba seguro de que el dolor fuera a desaparecer alguna vez, sus lágrimas sí.

Se recostó contra el banco de madera, destrozado. Cerró los ojos contra los ecos del dolor que rebotaban por todo su cuerpo.

Pero la voz volvió a sisear.

—Larrrrrrrry.

La voz le llegó como un susurro en la oscuridad. Esta vez, sonó como una pregunta.

—¡No! —gritó Jonas—- ¡No, no, no!

El fuego se vio sustituido por una nueva chispa: la rabia.

—¡Sea quién sea...! ¡Sea lo que sea...! ¡Déjeme en paz! ¡No voy a seguir escuchando estos disparates!

Y corrió, abriendo las puertas de la capilla de golpe y cayendo al césped.

Se puso de pie de nuevo y corrió colina arriba. Se paró en la cima para recuperar el aliento. Miró hacía la capilla. La observó, esperando, deseando que saliera alguien. Alguien sobre quien poder descargar su rabia, alguien a quien culpar de su dolor. Pero no vino nadie.

Oyó pisadas en el césped.

Era Patrick, el primer caballerizo, que venía colina abajo. Al ver a Jonas allí, Patrick empezó a caminar más rápido, alejándose de él.

—¡Eh, usted! —exclamó Jonas—. ¿No es usted Patrick?

Patrick se quedó parado, dándole la espalda.

—¿De dónde sale?

Entonces Patrick lo miró, con esos ojos intensos, salvajes, llenos de pasión incluso en la oscuridad.

—¿Y por qué es de su incumbencia? —preguntó, su voz una espada roma.

Jonas sabía que era ridículo, pero tenía que preguntarlo.

—¿Estaba usted hace un momento en la capilla?

—¿La capilla? —Patrick lo miró, perplejo—. ¿Y por qué rayos habría estado en la capilla?

—Así que, ¿no ha sido usted?

—¿Qué no he sido yo?

—¿Y los perros? ¿Era usted el que los estaba guiando?

—Desde luego que no. —Patrick hizo una mueca de asco—. No me mezclo con esas sucias bestias asquerosas.

—Pero estaban allí, junto a su cabaña; tendría que haberlas visto.

Patrick miró hacia atrás, hacia la casa.

—Me encontraba ocupado en otros asuntos. —Miró a Jonas, ahora con más compasión—. Quizás debería entrar, señor. Parece que lo ha pillado la lluvia de repente. No debería estar correteando por el campo con la ropa de dormir. Alguien podría preocuparse por su salud.

Jonas parpadeó y asintió. Sabía la trágica imagen que debía de mostrar en ese momento.

—Sí —reconoció—. Podría ser. —Se enderezó, con la voz más firme que antes—. Lamento haberlo apelado de esta manera. Le aseguro que no hay ningún problema. Es solo que esta casa...

Patrick volvió a moverse, pasando a su lado.

—Sí, señor. Hillcomb ha dejado a más de un hombre confuso sin mesura.

Al entrar por la puerta principal de la casa, Jonas levantó la mirada. El retrato seguía medio escondido, ensombrecido por la oscuridad. Pero ya no le importaba. Si todo el cuadro se hubiera soltado de los clavos de un salto y hubiera volado por el vestíbulo para aplastar a Jonas, no se habría sorprendido ni se habría quejado. Se agachó y se quitó los zapatos de cuero. No quería dejar manchas de barro por toda la casa que pudieran llevar a más preguntas por la mañana. Solo quería meterse en la cama y dormir.

Cerró la puerta de su habitación y dejó los zapatos embarrados junto a la chimenea. El cuarto estaba oscuro, excepto por la tenue luz lunar que entraba por la ventana, las esquinas completamente oscuras y ocultas. Dio un paso hacia la cama, pero se paró. Notaba algo, como una presencia en la habitación. Había un olor que no reconocía, sentía el aire moverse de manera diferente. ¿Habría vuelto Cecil? Estudió una esquina oscura junto a la ventana.

—Bueno —dijo con sospecha—. Salga.

Y de la sombra oscura surgió el fantasma.

Salió de la oscuridad hacia la luz de la ventana para que su figura y su rostro fueran visibles. El mismo rostro despiadadamente hermoso del retrato, la misma nariz, la misma boca, los mismos ojos, el mismo brillo vivo en ellos.

De repente, Jonas se sintió completamente sobrio y despejado.

—Pero... pero... ¿cómo es posible? No puede estar aquí —exclamó Jonas.

—Pero me ha llamado usted. —El fantasma se acercó a Jonas.

—¿Ah, sí?

Jonas sintió la presencia del espíritu contra sí; notaba el calor que irradiaba de su cuerpo. Un calor como las llamas de mil lámparas de aceite ardiendo a la vez. Un calor que empezaba pequeño, pero que sabía que se propagaría como un incendio y lo consumiría.

—Llevo esperando este momento desde que mis ojos se posaron en usted por primera vez —dijo el fantasma—. Lo he estudiado, ¿sabe?

—Sí, lo sé.

Y Jonas lo sabía. Las miradas de evaluación, la forma en que sus ojos lo habían seguido por donde fuera, los cambios de expresión, de ánimo, en el retrato. Sabía que había sido él. No había estado todo en su mente, después de todo.

—Lo he estado observando, esperando este momento —dijo el fantasma—. Esperando el momento adecuado. Cuando fuera usted libre por fin, por fin abierto a mi deseo.

Acercó la mano para acariciarle la mejilla con los dedos.

—¿Lo está? ¿Abierto a mi deseo?

—Sí —dijo Jonas, su voz un susurro que se le enganchó en la garganta, ahogado por el mismo deseo.

En su imaginación desatada, había esperado que ese momento fuera violento, cruel y aterrador. Pensaba que conocer al fantasma sería la destrucción de su alma. Pero había algo muy familiar en el espectro, algo dulce pero fuerte, como el anhelo de un contacto secreto.

—No... No lo se... —empezó Jonas, pero sacudió la cabeza para acallarse a sí mismo.

Tenía que haber cruzado al otro lado de la cordura. Pero estaba débil. Quizás se despertaría y todo habría sido un sueño; quizás cerraría los ojos y no volvería a abrirlos, su mente febril rindiéndose a su sino. Estaba demasiado cansado para que le importara nada en ese momento. Había cedido tanto esa noche. Dolor en el cuerpo, dolor en el alma. Se sentía vacío y necesitaba que lo llenaran. Su cuerpo ansiaba el consuelo; que lo tocaran, que lo abrazaran. Se rindió.

—Sí —confesó—. Sí, quiero estar con usted. Pero ¿cómo? ¿Cómo es posible?

—No resulta tan extraño. —El fantasma dio un paso al frente y le acarició el cuello. Tenía la mano cálida, no fría e insustancial como Jonas podría haberse imaginado, sino tan ágil como si tuviera sangre fluyendo por las venas—. Seguro que le es familiar. Solo tiene que decirme lo que quiere de mí.

—No puede ser real —dijo Jonas con voz temblorosa.

—Le aseguro que soy del todo real —dijo el fantasma.

Se apretó conta Jonas, que notó exactamente lo real que era.

Antes de que Jonas se pudiera mover, el fantasma le había puesto las manos en el pecho y había tirado de él para besarlo con profundidad. El beso fue cálido, su lengua exquisita, y Jonas abrió la boca para ceder a sus exigencias. El fantasma emitió un suave sonido de aprobación y Jonas sintió su cuerpo ceder.

—Huele como el jardín —susurró Jonas.

El fantasma se rio.

—Ah, ¿sí?

—Sí, como la tierra húmeda y fértil.

El fantasma le besó el cuello.

—Y flores —dijo Jonas.

El fantasma subió por su cuello hasta que llegó a un lóbulo, que chupó con delicadeza.

—Como madreselva y rosas.

El fantasma le lamió la clavícula.

—Como hojas y césped —gimió Jonas.

El fantasma movió las manos, acariciándole la espalda.

—Huele a árboles —murmuró Jonas, acurrucándose en el cuello del fantasma y besándolo.

El fantasma le dio un apretón en las nalgas, acariciando, sus dedos aferrándose a sus curvas. Jonas le mordisqueó el labio, dejando que su lengua recorriera el relieve.

—Sabe a lluvia —susurró.

Un relámpago iluminó la habitación un segundo y entonces un trueno retumbó con tanta fuerza que sacudió los cristales. La tormenta se había desatado.

El fantasma bajó las manos y, con un movimiento fluido, subió la camisa de Jonas y se la quitó. Jonas pasó la mano por las líneas y músculos del cuerpo del fantasma, encontrando los botones y cintas y despojándolo de todo tejido que lo cubriera, hasta que ambos quedaron desnudos, juntos a la luz de la luna.

—Pero esto es imposible —dijo Jonas.

—¿Lo es? —preguntó el fantasma. Su mano se deslizó hacia abajo y le agarró la erección—. A mí me parece muy posible.

Jonas gimió flojito al notar el contacto.

—Dígame qué quiere —dijo el fantasma, moviendo la mano, acariciando a Jonas. Movió la mano de Jonas para que este pudiera hacer lo mismo por él.

Jonas se deleitó con el tacto de su piel perfecta, su cuerpo perfecto, sus líneas y ángulos, al igual que su rostro, como tallados por las manos de un artista.

—Necesito... —empezó Jonas—. Necesito que me llenen. Estoy vacío.

El fantasma se acercó más y lo besó. Y entonces estaban en la cama, manos enredadas en cabello, besos profundos y sin aliento, piernas entrelazadas, miembro contra miembro.

—Esta ha sido siempre mi habitación favorita —dijo el fantasma con una risilla conforme giraba a Jonas. Se hizo hueco contra la espalda de Jonas y le rodeó el torso con los brazos, besándole los hombros y la nunca. Le mordisqueó el lóbulo y dijo, con voz ronca—: Espero que haya disfrutado siendo mi huésped.

Y entonces estaba dentro de Jonas. Llenándolo por completo, ahuyentando el vacío.

No había nada fantasmal en lo que estaba pasando, sino que era completamente corpóreo. Sus ojos se cerraron y Jonas echó la cabeza hacia atrás con un gemido. Se agarró a las sábanas, arrugándolas en los puños. Necesitaba aferrarse a la tierra, como si estuviera ascendiendo en una nube de neblina y lo llevaran por encima de los árboles, acercándose, cada vez más cerca, al cálido brillo del sol. La propia oscuridad se convirtió en un aluvión de luz y abrió la boca para gritar cuando las nubes liberaron su creciente presión y se desató una nueva tormenta de su interior.

Capítulo 8

A la mañana siguiente, Jonas se despertó con
el sol entrando por la ventana abierta. Estaba enredado en las sábanas, que prácticamente
se habían visto arrancadas del colchón, y seguía
desnudo. Lo asedió una vergüenza momentánea
cuando escuchó un ruido junto a la chimenea. Pobre Sarah, pensó, ¿qué debía de haber pensado al
encontrarse con ese espectáculo al alba? Pero, desde
luego, habría visto escenas mucho más escandalosas
durante su trabajo en la casa. El pensamiento casi lo
hizo sentir embriagado, con ganas de reír, y ahogó
una risilla. Era posible que se estuviera volviendo
loco de verdad. Después de los escarpados acanti-
lados y los azarosos valles de emociones que había
experimentado la noche anterior, no estaba seguro
de que pudiera seguir cuerdo. ¿De verdad había hecho el amor con un fantasma? ¿Cómo era posible?

Pero, desde luego, no lo era. Sin embargo, no
podía explicar cómo había estado el hombre del
retrato ahí con él, vivo, en cálida carne y hueso, en su
cuarto. Había sentido al espíritu en su interior, pero
¿cómo? Lo más extraño fue darse cuenta de lo asom-
brosamente vivo que se sentía en ese momento,

como si una parte olvidada de él mismo se hubiera despertado. O se estaba volviendo loco de verdad o el horrible montón de piedras que era la casa le había echado algún embrujo. No estaba seguro de poder soportar saber cuál de las dos opciones era la verdad. En cuanto hubiera desayunado y expresado sus disculpas a las damas, llamaría a Donaldson y volvería a Londres. Cuando volviera Lord Stanley, si es que volvía algún día, Jonas regresaría y terminaría el trabajo. Pero, por ahora, pensaba que era mejor alejarse del torrente de emociones en el que se había estado ahogando los dos últimos días.

La noche anterior había despertado en él un anhelo tan grande, tan intenso, por amor, por afecto, que dudaba poder concentrarse en el trabajo. Ahora solo podía pensar en la emoción que la noche (¿quizás su sueño febril?) con el fantasma le había proporcionado. Había sido como las peligrosas cumbres de éxtasis que había sentido antaño con Marcus. Solo otro hombre, otro cuerpo lleno de cariño, junto a él podría reclamar su atención en el estado mental en el que se encontraba. Necesitaba algo real, algo que pudiera llamar suyo, no la promesa de algo sin cuerpo, un amante metafísico, por mucha alegría física que le diera.

Tenía que poner orden en su vida.

Se aclaró la garganta.

—Buenos días, Sarah.

—Buenos días, señor.

—¿He vuelto a dormir hasta tarde?

—Para nada, señor. La familia se está levantando ahora para el desayuno. Deberían estar abajo pronto.

—Excelente. Estoy famélico —admitió.

—Su señoría ha pedido el desayuno completo esta mañana, claro. Con más de...

Sarah se calló cuando el panel del servicio se abrió. Ambos se giraron a ver a Cecil aparecer. Sarah empezó a recoger sus cosas a toda prisa, con una expresión de desprecio en el rostro.

—Buenos días, señor —dijo mientras intentaba pasar por al lado de Cecil hacia el pasillo.

—Hola, galletita —dijo Cecil, burlón. Se movió de un lado a otro, bloqueándole la salida.

Con las manos ocupadas, Sarah lo empujó de un codazo.

—Vete a pastar, Cecil, so zopenco. —Miró a Jonas—. Le pido disculpas, señor.

—No se preocupe, Sarah. Deje que pase la chica, Cecil.

Cecil se apartó a un lado para dejarla pasar, pero se inclinó para gruñirle cuando ella se acercó. Sarah le dio un codazo con toda la fuerza que pudo y se fue al trote por el pasadizo. Cecil cerró el panel y se apoyó contra él con una risilla.

—Vaya palurda, la chica esa.

—A mí me parece encantadora —replicó Jonas, que no estaba de humor para las chiquilladas de Cecil

Cecil sacudió la cabeza y avanzó, agachándose para recoger algo del suelo. Era la camisa de dormir de Jonas, arrugada y sucia. Cecil la miró con una sonrisilla mientras se acercaba a los pies de la cama. Agitó la camisa.

—Santo cielo, señor, ¿en qué diabluras se vio envuelto cuando me marché anoche?

Jonas se levantó de la cama, le quitó la camisa de las manos y se la puso.

—Ni me imagino qué habrá pensado Sarah —dijo Jonas.

—No creo que le importe mucho —dijo Cecil, acercándose a la chimenea. Levantó los zapatos cubiertos de barro seco. Enarcó las cejas.

—Tuve que salir un momento —dijo Jonas.

Cecil se agachó para volver a dejar los zapatos en el suelo.

—Supongo que a causa de más pesadillas.

—¿Pesadillas? —Jonas se quedó paralizado—. ¿Qué sabe de mis pesadillas?

—Solo sé que tuvo una la primera noche, cuando se imaginó que lo seducía un espíritu que se había colado en su habitación y lo había sujetado contra la cama mientras se la chupaba. —Cecil soltó una risilla de burla y lo miró con lascivia—. Qué imaginación tiene, señor, debo admitirlo. He recibido cumplidos por mis habilidades, pero nunca me habían dicho que puedo causar espasmos de electricidad por todo un cuerpo.

Jonas notó cómo el aire abandonaba su cuerpo. Se quedó sin palabras.

Cecil se recostó contra la repisa y lo miró.

—¿Qué puso en el té? —consiguió preguntar Jonas.

—Ah, no era más que una tintura de hierbas. Su señoría tiene un gran huerto de hierbas, como bien sabe. Normalmente mezclan esa por peticiones especiales, dicen que es casi tan buena como el láudano. Para dolores de muelas y esas molestias. Solo unas gotas, normalmente. Creo que tuvo suerte de no beberse toda la taza. La próxima vez, sabré cuánto poner.

Jonas sacudió la cabeza, anonadado.

—¿Me drogó? ¿Con qué intención? Estaba bien dispuesto. ¿Qué indecente excitación puede obtener de aprisionar el cuerpo de un hombre en un estado entre estar medio dormido y medio despierto?

Cecil le dedicó una mirada de reproche.

—¿Indecente? —Chasqueó la lengua—. Para nada, señor. Y debo decir que su cuerpo parecía responder con facilidad. Yo no llamaría a eso prisión.

—Es usted repugnante.

—Venga, señor. Parece que le gusta el drama, ¿no es así? Pensaba que sería exactamente plato, o taza, de su gusto, si me permite la expresión.

Cecil soltó una risilla por su propio chiste y Jonas se giró, intentando recomponerse. Quería dañarlo con palabras, pero descubrió que no tenía ninguna para esa criatura.

Cecil entrecerró los ojos; había algo más que quería decir.

—Después de todo, señor, montó usted tremenda escena de teatro en la capilla anoche —dijo Cecil con amargura—. Qué sueños inspiraría eso después.

Jonas se giró de golpe.

—¿La capilla? ¿Fue usted?

Cecil se echó a reír.

—Ay, señor, ¡tendría que haberse visto!

Desfiguró sus rasgos en un gesto de terror.

—Ma-Ma-Marcus, ¿e-e-eres tú? —gritó.

—Malnacido. —Jonas apretó los puños de rabia.

—Tendrá que perdonarme, señor. Pero cuando lo vi bajar las escaleras vestido apenas con la camisa y los zapatos, tenía que gastarle una broma. Fue demasiado fácil. Parecía usted sobrepasado por el cuadro ese, viejo y horrible. Perjurando como si fuera un hombre real. ¿Fue eso lo que lo puso tan nervioso? Y entonces, después de la caída ladera abajo, conseguí colarme en la capilla para espiarlo. Tuve suerte de que la lluvia lo atrajera hacia allí. ¿Qué buscaba en los jardines?

—Es usted despreciable.

—Venga, señor. Solo fue una broma. No sea amargado. —Un tono frío apareció en su voz entonces y toda expresión de diversión se desvaneció—. Todos tenemos que entretenernos como podemos, ¿no le parece?

Jonas hizo rechinar los dientes. ¿Cómo osaba usar sus palabras contra él? No había hecho nada para merecer un trato así.

—Lo que dijo en la capilla, esos nombres... eso fue más que una broma. ¿Cómo sabía esas cosas? —preguntó Jonas, aunque, en cierta manera, ya sabía la respuesta.

—Bueno, señor, no puede dejar su diario por ahí sin esperar que lo vean algunos ojos, ¿no?

Jonas corrió hacia él y lo agarró de la chaqueta, haciendo que se diera la vuelta donde estaba a los pies de la cama. Lo empujó hacia el panel del servicio. Quería que se fuera.

Cecil lo agarró de los antebrazos.

—Muy bien, Jonas —dijo—. Esto es lo que sabía que había bajo la fachada. Esto es lo que quería. Puede que se vista como uno, pero usted no es ningún caballero, ¿no? ¡Señor!

Escupió la última palabra con veneno.

—Bajo la ropa elegante y la voz pija, no somos tan diferentes, ¿no es así, señor Laurence?

—Puede que yo no sea un caballero, pero no me parezco en nada a usted. ¿Qué saca usted de abusar de esta manera de alguien, de un completo extraño? ¿De adentrarse en su corazón y desenterrar recuerdos y dolor? ¿Es solo un juego para usted?

Cecil respondió con una risa burlona.

—¿Qué sabe usted de mi vida? —gruño Cecil—. No tiene ni idea de lo que he aguantado, de las traiciones de las que he sido objeto.

—No, no lo sé. Pero es deplorable que le hayan hecho caer tan bajo. Que lo hayan convertido en poco más que un perverso embaucador.

—Desde luego, mi perversidad y mi cuerpo no le parecieron mal como sustituto de su querido Marcus, ¿no?

Jonas sintió furia y, antes de que se diera cuenta, había golpeado al hombre.

Cecil dio un traspiés hacia atrás, frotándose la mandíbula.

—Puto malnacido —siseó.

—¡Fuera! —rugió Jonas—. ¡Fuera de mi cuarto! ¡Fuera de mi vista!

Empujó a Cecil contra el panel del servicio, abriéndolo. Jonas lo hizo todo lo amplio que pudo y agarró a Cecil del hombro.

—Quíteme las manos de encima —exclamó Cecil, empujándolo. Tiró de la puerta del panel y se colocó detrás—. Se arrepentirá de esto, sucio jardinero. No puede tratarme así; ¡me las pagará!

—Lo único de lo que me arrepiento es de haberlo tocado —dijo Jonas entre dientes.

Con eso, recolocó el panel con una patada, echando a Cecil de nuevo al pasillo. Jonas cerró y se apoyó contra el panel.

Intentó calmar su respiración, apagar su rabia. Qué iluso había sido al permitir que lo manipulara un cretino siniestro para conseguir emociones de perturbado. ¿Y para qué? Simple placer corporal. Cecil tenía razón en una cosa: había sido estúpido. Estúpido e imprudente.

Yendo a trompicones hacia la jarra de agua, vertió un poco en la jofaina. Ahogó un grito por lo helada que estaba, pero, a pesar del frío, se quitó la camisa y empezó a echarse agua por toda la cara y el cuello y el pecho hasta que empezó a tiritar. Agarró la toalla que había junto a la pila y se secó.

Se dejó caer en la silla del escritorio, apretándose la toalla contra la cara. La soltó en su regazo y tiró del diario. Los bocetos de acuarela iban con él. Recorrió el borde de un boceto especialmente soleado con los dedos, todo verdes y amarillos y rojos brillantes. ¿Cómo podría una casa ser tan espeluznante y, al mismo tiempo, ofrecer la promesa de tanto sol y tanta luz?

Durante un momento, Jonas se arrepintió de su decisión de volver a Londres. ¿Llevaba solo dos noches en esta casa? Era difícil de entender. La gente y la atmósfera se encontraban en tal yuxtaposición que era difícil juntarlos. Y, extrañamente, los hechos de las últimas doce horas o así habían supuesto una catarsis significativa. Se había visto obligado a enfrentarse de lleno a tantos sentimientos sin resolver, y de la forma más extraña posible, se sentía más completo a pesar de haberse visto desencajado.

Pero, por encima de todo, no podía quedarse aquí, desnudo en el escritorio, esperando escandalizar a la pobre doncella que fuera a entrar la próxima vez. Debía bajar y compartir sus sentimientos con Vita.

Cuando entró en el comedor, Vita estaba allí leyendo el periódico ante un plato de kitchiri y riñones rellenos.

—Ah, buenos días, Jonas.

—Lady Stanley. Buenos días.

Vita le dedicó una mirada inquisitiva.

—¿Volvemos a ser así de formales?

—Me temo que hay un asunto que debo tratar con usted.

—Pero seguro que no con el estómago vacío, por muy urgente que sea. Desayune.

Se lo pensó un momento, con el estómago rugiendo, pero era mejor transmitir la noticia antes de cambiar de opinión. Se sentó.

—Me temo que debo disculparme, Lady Stanley, pero debo regresar a Londres.

Vita cerró el periódico a toda prisa y lo dejó en la mesa.

—¿Hay alguna emergencia?

Jonas negó con la cabeza.

—No propiamente dicho. Algo así como una emergencia de la consciencia.

—Ay, no, por favor, no diga eso, Jonas. Esperaba que se quedara unos días, al menos. Sería una lástima que tuviera que irse ahora que ha llegado Graham.

—¿Ha regresado su señoría? Pensaba que se había vuelto a retrasar.

Vita enarcó las cejas.

—Eso parecía sugerir su telegrama, pero consiguió liberarse de alguna forma y llegó muy tarde anoche —dijo en tono irónico—. En algún momento, después de la cena, casi a medianoche, llegó. Me sorprende que no le molestara, fue todo un escándalo.

—Me quedé profundamente dormido —dijo Jonas, receloso de revelar sus actividades nocturnas—. Con un libro en la cama; estaba bastante cansado.

—Claro. Me alegro de que no le perturbaran. Fue un espectáculo con los dichosos perros aullando por los jardines.

Lo recorrió un escalofrío.

—¿Perros?

—Ah, sí, Graham se llevó los perros a Londres. Suele hacerlo, aunque ni me imagino el motivo. Y estaban absolutamente locos de agitación cuando por fin los sacó del coche. Los tuvo corriendo por los jardines lo que me parecieron horas. Por fortuna, mi pobre Christopher no se despertaría ni con un tifón.

—Perros corriendo por los jardines —murmuró Jonas.

—Sí, hasta que volvió a ponerse a llover. Entonces los entró en la casa.

—Sí, sí que oí ladridos, en realidad. Lo había olvidado.

—Eso pensaba; fue terriblemente ensordecedor. Espero que no le resultara demasiado molesto.

—No, para nada, solo los oí, pero no le di más vueltas.

—De hecho, pensaba que se habría cruzado usted con Graham esta mañana en el ala este. Ah, pero ya está aquí. —Su mirada volvió a Jonas—. Seguro que puede convencerlo de que nos dé otra oportunidad.

Jonas empezó a levantarse y girarse hacia la puerta. Lo que vio hizo que se cayera de nuevo en la silla con un golpe seco.

—Ay, cielos—dijo Vita.

—Señor —dijo Lord Stanley—. ¿Se encuentra usted bien?

¿Bien? Jonas quería gritar. *No, desde luego que no estoy bien. ¡Es usted un fantasma! ¡Es el hombre del retrato que ha cobrado vida! El fantasma que me esperaba anoche en mi habitación, la criatura que ha poblado mis pesadillas durante dos días. ¡El fantasma que me sedujo!* Y, dándose cuenta de lo ridículo que sonaba todo, sintió como si le hubieran abofeteado repetidas veces.

—Pero... Es que... Es... El cuadro—consiguió tartamudear.

—Ah, así —dijo Graham con una risotada—. El maldito cuadro.

—Sí, ¿no es terrible el parecido? —preguntó Vita—. Como le dije, a menudo me burlo de él por eso.

—Pero, claro —dijo Graham, entrando a la sala—, la mayoría me conoce antes de ver el cuadro, por lo que el parecido normalmente se entiende al contrario.

—Tenemos que deshacernos de ese horror —dijo Vita—. A menudo me parece que me vigila cuando paso por su lado.

—¿Tanto te molesta que te siga un rostro igual al de tu marido? —se rio Graham—. Además, mamá no lo permitiría.

—Si quiere electricidad en su cuarto... —dijo Vita con astucia.

Jonas recuperó la voz.

—Lord Stanley, me temo que tengo un asunto que discutir con usted,

—Por favor, llámeme, Graham. Y, sí, claro. Daremos un paseo por los jardines después de desayunar.

Jonas se aclaró la garganta y respiró profundamente.

—No —declaró—. Ahora, Lord Stanley.

Vita parecía sorprendida y su marido desconcertado.

—Ah, claro, señor Laurence, si insiste.

—Insisto.

Jonas salió, digno, y esperó a que Lord Stanley lo siguiera. Cuando apareció, Jonas lo llamó con la mano.

—Por favor —dijo—, un poco más lejos de la casa.

—Pero señor...

—Para que nadie nos oiga, gracias.

Llegaron al final del *porte-cochère* y Jonas se giró, incapaz de seguir controlando sus sentimientos.

Se acercó a Lord Stanley y le dio un golpe en el pecho, dejando al caballero perplejo.

—Dígame, por favor, qué demonios pasó anoche —dijo, su voz un rugido apenas controlado.

Graham sacudió la cabeza, profundamente confundido.

—Pero, mi buen amigo, pensaba que estaba dispuesto. Me llegó el telegrama de Vita por la mañana de que todo parecía ir a las mil maravillas. Por eso decidí apresurar mi regreso. Tenía la impresión de que Vita pensaba que congeniaríamos. Así que estaba algo ansioso por conocerlo, y cuando lo vi en la ventana y me invitó, supuse que...

—¿Lo invité? —exclamó Jonas.

—Sí, levantó la mano y asintió. Simplemente supuse que me estaba llamando. Admito que no suelo ser tan atrevido en mis atenciones, ni tan... agresivo. Pero al encontrarme con usted, me vi bastante abrumado...

—Pero, espere un momento —dijo Jonas, con sus pensamientos tropezándose los unos con los otros—. ¿Dice que su mujer le envió un telegrama sobre mí?

Graham le dedicó una pequeña mueca y, por primera vez, no parecía confuso.

—Bueno, sí, lo siento, muchacho. ¿Fue indecente por nuestra parte? Es que lo conocía por su reputación, claro, y por cómo hablaba Derrick de usted, parecía pensar también que congeniaríamos.

—¿Derrick? ¿Congeniar? —Le daba vueltas la cabeza—. Pero todo el asunto del... Me siento engañado... Toda la pantomima del fantasma... Nada tiene sentido. Después de la jugarreta de su lacayo, no me fío de nada en esta casa, debo confesárselo abiertamente.

Graham dio un paso hacia delante y le puso la mano en el hombro.

—¿Lacayo? —preguntó con preocupación—. ¿A qué se refiere?

—Ese joven, Cecil, que hacía las funciones de ayuda de cámara para mí. Es un ser retorcido, debe saberlo usted.

—Ay, señor —exclamó Graham—. Sí, claro que lo sé. Le imploré a Vita que lo echara hace mucho tiempo. No ha hecho más que dar problemas desde que lo contratamos. Llenándole la cabeza a las doncellas con cuentos absurdos y gastando bromas a nuestros invitados. Ya veo que también lo ha hecho con usted.

Jonas dejó salir una gran exhalación.

—En cierto modo, sí.

—Puede ser encantador cuando le conviene. Muy encantador. Lo que solo consigue que la hoja del puñal resulte más afilada cuando se la clava. Créame, he sentido su estocada también. —Se puso firme—.

No puedo sino disculparme. No se preocupe, me encargaré de Cecil de inmediato. Ya es hora de que encuentre otro puesto, en otra casa. No toleraré este tipo de comportamiento. Y, ciertamente, no quiero que haga que alguien como usted se aleje.

Jonas parpadeó y empezó a respirar con más normalidad.

—Sé que apenas han pasado unas horas —continuó Graham—. Pero en cierto modo siento que anoche fue, bueno, algo especial e inusual. Fue brusco y rápido, lo sé. Y por ello me disculpo. Esta es mi casa, una casa agradable, y no algún callejón en Ipswich. No es para nada como pretendía que fuera nuestro primer encuentro. Pensaba que tendríamos más tiempo para acercarnos. Al menos, ese era el plan.

—¿El plan? —preguntó Jonas—. Siento como si me hubieran colocado en algún extraño puzle que ni siquiera sabía que existía. De verdad que no sé qué pensar de todas las intrigas que me rodean.

—Sé que apenas nos conocíamos antes de anoche, pero pensé que, quizás, como había aceptado la invitación a mi casa, querría decir que...

Jonas levantó la mano.

—Le ruego me disculpe, Lord Stanley, pero aunque usted parece saber mucho de mí, no puedo decir que yo sepa lo mismo de usted.

Graham lo miró con una nueva expresión

—Cielos —dijo en voz baja—. He sido un estúpido al pensar que se acordaría.

—¿Acordarme? —preguntó Jonas.

—¿Daría un paseo conmigo, por favor? —preguntó Graham con dulzura.

Caminaron, sin hablar, hasta que llegaron a un banco en el jardín trasero. Graham señaló el banco con la mano para que Jonas se sentara. Lo hizo, agradecido, ya que el agotamiento parecía emanar de cada fibra de su ser. Graham se sentó a su lado y ambos miraron el paisaje un momento antes de que Lord Stanley hablara.

—La primera vez que nos vimos fue hará unos dos años, en uno de esos estúpidos eventos de club en los que todos los hombres de Londres se sientan con sus puros y sus tarjetas de visita y fingen estar haciendo algo, lo que sea, que merezca la pena. No nos dijimos más que hola, y usted pasó casi toda la velada rodeado de compañeros, hablando. Pero no pude dejar de mirarlo. Toda la noche, hablando o bebiendo o fingiendo escuchar a algún vejestorio aburrido, lo estaba observando. Tenía tantas ganas de hablar con usted, pero no pude armarme de valor. Y, claro, siempre está la angustia, ¿no? Uno nunca sabe si otro comparte inclinaciones similares y el miedo a delatarse y causar una escena irreparable resulta desmoralizante.

—Claro, desde luego —dijo Jonas en voz baja.

Algo se despertó en el fondo de su cerebro, un recuerdo vago. Claro, ¿cómo podía haber sido tan obtuso? Ahora se daba cuenta de por qué el retrato le había parecido tan familiar, tan inquietante. Había sido como un recuerdo asentado que no podía enfocar del todo. Y, ahora, se daba cuenta de qué era exactamente. No se acordaba de haber conocido a

Graham, pero su hermoso rostro se le había quedado en algún recoveco de su mente. ¿Cómo podría haber olvidado un rostro así, al fin y al cabo? Conociendo sus hábitos emocionales, perfectamente podría haberse sentido abrumado por la belleza de Graham, pero haber enterrado la distracción profundamente en un intento de dedicar toda su atención a la relación con Pearson. Lo había intentado tanto, durante tanto tiempo, ser lo que suponía que otros necesitaban que fuera.

—Pero justo antes de que usted abandonara el club esa noche —continuó Graham— lo vi hablando con Derrick. Parecían cercanos, así que, una vez se hubo marchado, me llevé a mi primo a un lugar más privado y le pregunté quién era usted. Desde luego, me confirmó que usted era el socio del que tanto había hablado, Jonas Laurence, y me sentí alentado. Grité de alegría, sabiendo que Derrick podría presentarnos. Supongo que se me vería en la cara y mi primo no es tan estúpido como a menudo finge ser, así que me dejó caer casualmente que usted y su socio... Un hombre llamado Pearson, ¿no?

Jonas no pudo sino asentir.

—Que los dos tenían un buen arreglo en la ciudad. Mis esperanzas se vieron truncadas, pero no la llama que se había encendido cuando lo había visto. Pensaba que estaba siendo discreto, pero seguro que Derrick no ignoró mi interés repentino en su empresa y sus socios, usted en particular. Cuando hablábamos, me mantenía al día de cómo progresaban los negocios y yo ansiaba tener la oportunidad de volver a verlo.

Se giró hacia Jonas. Su mirada no era intensa ni amenazadora, sino dulce y cariñosa. Algo en Jonas le dijo que debería estar incómodo, sentir rechazo ante ese interés rábido que expresaba alguien que prácticamente era un desconocido, pero no era así. En su lugar, se sentía conmovido, emocionado de alguna forma que no conseguía identificar. Cuando miró a los ojos de Graham, su mente se vio inundada de recuerdos, la sensación de los brazos de Graham a su alrededor, los besos de Graham en su piel, Graham en su interior. Quería sentirlo otra vez; lo anhelaba. Anhelaba con tanta fuerza que pensó que iba a partirse en dos con la intensidad de sus sentimientos.

—Me llegó mi oportunidad —continuó Graham—. Fue hace apenas un año. La fiesta en casa de Derrick en la ciudad. Fue un evento divertido y escandaloso, como suelen ser las fiestas de Derrick. Y allí estaba usted. Derrick se había esforzado especialmente por invitarme, creo; básicamente insistió en que debía asistir. Al principio, estaba un poco incómodo. Llegó usted con el muchacho, Pearson, y sentí rabia hacia Derrick. Pensaba que me había traído para mostrarme la verdad, para terminar con el triste anhelo que sentía. Hablé con usted, nos presentaron, pero se lo notaba distraído. Dudaba de que hubiera notado mi presencia o de que recordara la presentación. Y parece que no me equivocaba.

Jonas miró al suelo, avergonzado. ¿Cómo podría haber olvidado a este hombre dos veces? ¿Tan desordenada había estado su mente esos dos años? Sacudió la cabeza. Esperaba que por fin la bruma empezara a despejarse y pasara la luz; parecía como si hubiera estado vagando en algún estado disociativo más tiempo del que había creído.

—Pero lo entendí, evidentemente —dijo Graham—. Su amigo y usted parecían disgustados esa noche, y usted, especialmente, parecía abatido. Intenté comportarme con propiedad, disfrutar la fiesta como debía. Pero, desde luego, seguí vigilándolo toda la noche. Entonces lo vi peleándose con Pearson en una esquina, acaloradamente, y vi a su amigo salir enfurecido. Derrick lo vio también y me animó a acercarme, representar el papel de salvador. Aprovecharme de la situación. Pero no podía hacerlo. No era lo correcto, en ese momento, en medio de lo que claramente era una batalla emocional para usted. Parecía dolido y mi corazón sufría por usted.

Graham se calló y se giró, como buscando las próximas palabras.

Y los recuerdos abrumaron a Jonas.

Se acordaba bien de la noche de la que hablaba Graham. Quizás demasiado bien, de hecho, sí. Había sido la noche en que había sabido que se había terminado. Pearson y Jonas llevaban semanas con broncas, discusiones baladís, a veces peleas a viva voz. El vaso emocional de Pearson se había colmado; había acusado a Jonas de no estar nunca en casa, de usar la necesidad social de fingir que eran amigos como excusa para guardar las distancias, mantenerlo alejado. Jonas había negado las acusaciones en ese momento, aunque sabía que, de alguna forma, eran verdad. No había querido mantener a Pearson alejado; lo había querido una vez, o eso había pensado, pero el anhelo constante del vacío no lo dejaba tranquilo. Ese sentimiento de que había algo, alguien, quizás, que faltaba en su vida.

Le había suplicado a Pearson que le diera otra oportunidad y la tensión se había relajado un tiempo. Pero la noche de la fiesta de Derrick se había torcido todo. Jonas había estado frío, incluso susceptible y maleducado, y había hecho todo lo posible por mantenerse alejado de todos, especialmente Pearson. Pensándolo bien, era mejor que Graham no hubiera intentado hablar con él esa noche. Dado su estado de ánimo, probablemente le habría dejado un sabor amargo en la boca.

Jonas se reclinó en el banco y se pasó las manos por la cara, avergonzado por los sentimientos que los recuerdos estaban sacando a la superficie.

Lo que no había podido contarle a Pearson en ese momento, lo que nunca le había dicho a nadie, es que había recibido una carta el día anterior. Otra carta de la hermana de Marcus, o, mejor dicho, esta vez sobre la hermana de Marcus. Había recibido una carta diciendo que había fallecido, por culpa de una neumonía. Aunque la mujer y Jonas nunca habían compartido una amistad estrecha, esta había seguido en contacto con él durante años. Se habían enviado cartas y, en pocas ocasiones, habían comido juntos en la ciudad. Pero más allá de la amistad casual, lo que era más importante era que había sido la única conexión que le quedaba con Marcus. No se había dado cuenta, hasta que había recibido la noticia de su muerte, de lo mucho que había valorado esa conexión, lo mucho que la necesitaba.

Era lo único que le quedaba de Marcus y, de alguna forma, le había dado la sensación de que todavía se aferraba a la profundidad de ese amor que había sentido antaño. Al dejarlo su hermana, la conexión se había roto y una tormenta de emociones se había desatado en su interior, sin que él tuviera poder para controlarla. Todo el mundo se había convertido en su enemigo, al parecer, especialmente aquellos que más lo querían, que esperaban que él los quisiera a su vez.

Como Pearson.

Pearson se había ido en un inesperado viaje al Mediterráneo con unos amigos, apenas unos días después de la fiesta. A su regreso, ambos habían prometido intentarlo de nuevo. Y aunque habían avanzado a trompicones los meses invernales, una burda farsa de lo que habían sido antes, no había sido lo mismo. Los dos lo sabían. Solo que Pearson había sido el único lo suficientemente valiente como para cortar. Para liberar por fin a Jonas de las cadenas de la culpa que los habían mantenido unidos.

Había querido ser mucho más para Pearson, ser todo lo que sabía que se merecía ese hombre, pero no había podido. Hasta que el espectro de Marcus no se había desvanecido de su vida, no se había permitido estar completo. Ahora sabía que era cierto, aunque había tardado todos esos meses en darse cuenta. Ahora que lo sabía, quizás podría ser finalmente un hombre completo, listo y dispuesto a amar.

Graham se aclaró la garganta y se pasó las palmas de las manos por las piernas.

—Anoche —dijo—, cuando fui a buscarlo a su habitación, había algo en su comportamiento, su estado de ánimo, que me recordó a aquella noche en la fiesta de Derrick. Pero en ese momento, en vez de intentar ocultar ese dolor que obviamente lo recorría por dentro, parecía tan abierto, tan franco, tan necesitado de ternura, y me llegó de pleno, profundamente. Un pozo de pasión que no había sentido en mucho tiempo, que incluso superó lo que pensaba que ya sentía por usted. Tenía una imagen suya en mi mente todo este tiempo, una imagen de lo que pensaba que era, y lo que podríamos ser, pero nunca había pensado que pudiera ser real. Hasta anoche. Encontrarlo así, tenerlo así, me llevó a darme cuenta de que no era solo mi imaginación.

Miró a Jonas directamente a los ojos.

—Los momentos así se presentan con tan poca frecuencia en la vida. Una vez, puede que dos, si nos sonríe la fortuna. Parece ir contra natura darles la espalda. Detesto la idea de vivir con el arrepentimiento de no haber intentado al menos ver si hay algo más ahí —dijo Graham—. ¿Usted no?

Algo parecido a un sollozo se le enganchó a Jonas en la garganta y descubrió que le costaba hablar. Quería gritar, decir que sí, sí, sí, hasta quedarse sin voz. Pero la cautela no se lo permitió.

—Sí —dijo en voz baja—. Así es.

Se quedaron sentados un momento sin hablar. Jonas observó el paisaje. El lago, que había parecido tan lejano hasta ahora, brillaba a la luz del sol. Resplandeciente y azul, parecía lleno de luz conforme las ondas llegaban a la orilla.

—Entonces, ¿todo esto fue una estratagema? —dijo finalmente—. Los jardines, el trabajo, ¿nada más que una estratagema? ¿Solo para que pudiéramos volver a encontrarnos?

—No todo —dijo Graham—. Pero pensé que merecía la pena probar. Cuando me puse en contacto con Derrick hace unos meses para expresarle mi interés en hacer algo con los jardines, dejó caer casualmente que quizás estuviera usted disponible. Que usted y Pearson iban a seguir caminos separados y que el trabajo sería una buena distracción. Si no estuviera interesado en mí, pero sí en nuestros jardines, al menos habría sacado un espléndido terreno nuevo. Pero, desde luego, no puedo mentir y decirle que no esperaba más.

—Bien —dijo Jonas—. Porque hay algo que me atrae en este lugar. Cuando llegué el primer día, para serle sincero, noté algo perturbador. Pero, incluso entonces, me pareció hermoso. —Su mente volvió a sus pensamientos anteriores sobre catarsis—. Ahora, esta misma mañana, en este nuevo día, hay algo que me llama. Siento como, si de alguna forma extraña, perteneciera a este lugar. Su mujer me dijo algo similar, pero pensaba que solo intentaba complacerme. Ahora levanto la mirada y puedo decir que he llegado a un lugar en el que descansar. El resto de mi trabajo, durante muchos años, ha sido una explosión de energía para expulsar el ruido de mi mente. Me gusta pensar que, en ocasiones, he creado algo hermoso. Pero nunca me recreaba, nunca me permití reposar. He estado corriendo, de proyecto en proyecto, durante mucho tiempo. Aquí, siento como si pudiera parar un momento. Como si pudiera escuchar por fin lo que me dice el terreno, lo que me susurra cuando me quedo en silencio, en vez de gritar hasta que la tierra se somete a mi diseño, a mis planes. Porque he aprendido que los planes rara vez importan, al final.

Graham lo estaba mirando con una sonrisa cautivadora.

—Ahí está la voz que vi en sus artículos —dijo—. Ahí está el artista que oí en sus palabras.

Jonas se quedó sorprendido.

—¿Ha leído mis artículos? No sabía siquiera que alguien les hubiera echado un vistazo.

Graham se rio.

—Supongo que sueno como una colegiala encaprichada, pero sí. Derrick me mandó una copia de *La casa de campo* cuando la publicaron por primera vez hace tres años. Estaba muy orgulloso, ¿sabe? No deje que su lengua avinagrada lo engañe. El artículo me conmovió y, entonces, insistí en suscribirme yo mismo. Leer lo que escribía fue en parte lo que alimentó mi deseo de conocerle. Oía su voz en las páginas y eso alimentó mis sueños. ¿Cómo iba a suponer que sería usted también tan irresistiblemente atractivo?

Jonas bajó la cabeza, intentando ocultar una sonrisa. Graham recorrió el lado de la mano de Jonas sobre el banco con el meñique.

—¿Solo los jardines le llaman la atención? —preguntó Lord Stanley, flojito.

Jonas lo miró a los ojos.

—No, no solo eso. Hay algo que me llega profundamente en usted, también. Es como si sintiera que ya no debería seguir corriendo. Quizás no tiene sentido, con el poco tiempo que hace que nos conocemos. Pero es así.

—No tiene por qué tener sentido para ser real —dijo Graham.

Se inclinó y besó a Jonas con dulzura, con cariño. Jonas cerró los ojos con fuerza mientras se besaban; algo en él no quería que acabara nunca.

—¿Cree —preguntó Graham— que podríamos empezar de nuevo? ¿Hacer borrón y cuenta nueva, por así decirlo, y averiguar si podríamos explorar algo juntos?

Jonas asintió.

—Me complacería mucho. Pero ¿qué pasa con Vita?

Graham sonrió ampliamente y dijo, con voz alegre:

—Mi querida y encantadora Vita. Hombre, ¿no sabe que Vita está de acuerdo y lo sabe todo? Vita me conoce como nadie me ha conocido nunca, desde que éramos niños. De hecho, tenemos el mismo gusto en hombres. —Le guiñó un ojo y se rió alegremente—. Todo este arreglo, nuestro matrimonio, fue idea suya, de hecho. No hay secretos ni mentiras entre nosotros. Vita no nació para ser una esposa «respetable», sacada a relucir solo para los eventos de gala y para organizar las mesas. Se volvería loca de aburrimiento si su vida no fuera más que la de una simple compañera o adorno para un hombre.

Pero tanto ella como yo disfrutamos y apreciamos tener una vida cómoda. Así que, aquí estamos. Tenemos un hijo al que adoramos y vivimos una vida plena, con nuestros intereses y ocupaciones.

—Estos días me he sentido como si me estuvieran evaluando —admitió Jonas.

—Mi fantástica esposa tiene incontables cualidades maravillosas, pero la sutileza no es una de ellas. —Graham se levantó del banco y le ofreció la mano a Jonas—. ¿Seguimos adelante con el día, para ver a dónde nos lleva?

—Sí, vamos.

Cuando llegaron a la parte delantera de la casa, Jonas recordó el convulso comienzo de la mañana.

—Debo admitir un detalle que no he desvelado antes —empezó.

—¿Sí? ¿Cuál? —preguntó Graham.

Jonas se aclaró la garganta.

—Bueno, es en relación con Cecil.

—El lacayo malnacido, sí. Cuénteme.

—Bueno, verá, Graham. Esta mañana, en un estado de alteración, puede que lo haya golpeado.

Lord Stanley se quedó boquiabierto.

—¿A Cecil? ¿Ha golpeado a Cecil?

—Eso me temo. Le di un puñetazo. En la cara. En mi defensa...

Pero se vio interrumpido por la carcajada del otro hombre. Graham estaba prácticamente agachado por la fuerza de su risa, que se fue apagando.

—Ay, buen hombre —dijo, secándose las lágrimas de los ojos—. No puedo explicarle la profundidad del afecto que siento por usted en este momento. Si ha golpeado a ese imbécil, estoy seguro de que era debido y merecido, y lo aplaudo por ello.

Le dio una palmada a Jonas en el hombro y el alivio hizo que a Jonas le diera también un ataque de risa. Era justo el desahogo que necesitaba después de una mañana de preocupación y agitación, y la risa siguió y siguió, creciendo en forma y volumen. Eso hizo que Graham volviera a reírse a su vez, y fue esta escena de alegría casi desquiciada la que se encontraron al llegar la condesa viuda y Lady Aldrange.

Las dos damas, de la mano, se acercaron a ellos y sonrieron.

—Justo como sospechábamos —dijo la condesa viuda—. Han congeniado enseguida. ¿Sabe? Tenía el presentimiento de que iba a pasar algo así. Se lo dije a Vita al momento de conocerle, señor Laurence.

—Así es —confirmó Lady Aldrange—. Y, señor Laurence, ¿sabe que acabamos de ver a ese fantástico chófer suyo?

—¿Donaldson?

—El mismo. Salimos pronto, antes del desayuno, para alcanzarlo antes de que empezara sus trabajos mecánicos y esos asuntos. Disfrutamos tanto de nuestro trayecto al pueblo ayer y teníamos tantas preguntas que hacerle. Fue esclarecedor y debo confesar que hemos decidido adquirir nuestro propio automóvil.

—Yo voy a aprender a conducir —declaró la condesa viuda.

—¿Mamá? —se sorprendió Graham.

—¡Sí! —continuó ella—. ¿Sabe que Donaldson dice que muchas mujeres conducen? Hay incluso libros para ello, manuales especiales para conductoras. Así como guantes, anteojos y todo un vestuario específico.

—¿Sabes? —dijo Graham—. Me lo puedo imaginar.

—Sí —confirmó Jonas—. Creo que será excelente.

—Señor Laurence —dijo Lady Aldrange—. Espero sinceramente que no le importe que se lo diga, pero parece usted agotado.

Jonas suspiró con fuerza.

—Sí, su señoría, lo estoy. Más de lo que pueda usted imaginar. Ha sido una noche algo larga.

—Entonces, después de desayunar, debe permitir que le ofrezca mis sales y hierbas para su baño. Graham tiene una bañera bastante grande en su cuarto, justo junto al suyo. Seguro que no le importará prestársela para darse un buen remojo. Será perfecto para aliviar sus preocupaciones.

—¿Qué le parece —dijo Graham— un buen baño relajante en mi cuarto, señor Laurence? Seguro que no necesita volver a toda prisa a Londres, después de todo.

—Ay, ¿pensaba marcharse, señor Laurence? Espero que no —dijo la condesa viuda.

—Le dijo a Vita que quizás tendría que irse —dijo Graham. Miró a Jonas—. Pero, mamá, espero que nuestra conversación de hace un momento lo haya convencido de quedarse un poco más.

Jonas sonrió con timidez e intentó no sonar demasiado insinuante cuando contestó.

—Sí, creo que se me podría convencer.

—Espléndido —dijo la condesa viuda—. Me complace cuando todas las piezas encajan.

—Señoras, ¿desayunamos? —preguntó Lord Stanley, ofreciéndole el brazo a su madre, que lo tomó con una sonrisa mientras Jonas hacia lo propio con Lady Aldrange.

—Ah, ahí está Vita —dijo Lady Aldrange.

—Hola, querida —dijo Graham—. ¿Has terminado de desayunar?

—Sí, cariño —dijo Vita—. Voy de camino a los establos para mi paseo matutino.

—Fantástico día para cabalgar —dijo Graham—. Comunícale a Patrick mis disculpas, ¿podrías? Me temo que mi llegada anoche lo abrumó un poco. Sé que no le gustan nada mis perros. Espero que no esté muy disgustado.

—Seguro que podré tranquilizarlo. Y, señor Laurence. —Vita se paró a su lado y le puso la mano en el brazo libre—. ¿Lo ha convencido mi marido de que se quede más tiempo? Dígame que sí.

—Jonas, por favor. Y sí, me ha convencido. De hecho, espero con entusiasmo nuestra colaboración.

Vita le posó la mano en la mejilla y Jonas se sorprendió del calor que sintió.

—Perfecto, ¿ve? —dijo Vita con una amplia sonrisa—. Sabía que congeniarían de maravilla.

Se inclinó y le dio un beso en la mejilla. Sonrió a su madre antes de seguir su camino hacia los establos.

—Le encanta cabalgar, a mi hija —dijo Lady Aldrange, dándole unas palmaditas en el brazo—. ¿Y se ha dado cuenta, señor Laurence? La lluvia ha desaparecido por completo. El sol ha salido y está brillando, todo está verde y radiante. Qué día más ideal; perfecto para perderse por los jardines.

Graham les dio la espalda y sonrió, guiñándole un ojo a Jonas.

—Sí —dijo Jonas, bastante de acuerdo—, es una imagen encantadora, en efecto.

La Luna de la cosecha

Inglaterra, 1834

Con los alegres sonidos de conversaciones y cantos a sus espaldas, Malcolm salió de la taberna hacia la fría noche. Había bebido, no demasiado, pero necesitaba aire fresco de todas maneras. La clientela era bastante agradable, pero por algún motivo, a pesar de lo oscuro de la noche, se veía atraído por el exterior. Anhelaba sentir la brisa contra su piel, mirar a la luna, estar en la propia naturaleza. Junto a la taberna había un pequeño claro iluminado por el cielo nocturno, y allí se dirigió.

Todavía se sorprendía de estar en esta aldea, que nunca había visto antes en todos los años que había pasado viajando desde su finca a la de su tía abuela. A primera vista, era una aldeíta normal, sin nada que resaltar. Nada especial lo había atraído cuando se la había encontrado ese mismo día y, si no hubiera sido porque su pobre caballo, Grannus, estaba agotado tras pasar el día lluvioso abriéndose paso por el barro, puede que no se hubiera parado.

Cuando Grannus y él habían entrado en la aldea, le había llamado la atención la belleza de la remarcable arboleda que parecía señalar la entrada a la calle principal del pequeño lugar. Los árboles crecían de tal manera, casi como columnas siguiendo un diseño, que hacían pensar en una bóveda. Como el inicio de alguna gran vía romana antigua abriéndose camino entre zarzas y arrayanes.

Con la ayuda de los lugareños que miraban desde las puertas de sus cabañas al inesperado visitante, pronto descubrió cuál era la que se consideraba la mejor posada disponible y, por lo que pudo ver, la única. Se alegró al comprobar que era una fonda limpia y agradable, que funcionaba principalmente como taberna con algunas habitaciones pequeñas, pero cuidadas, en la planta de arriba. Agotado hasta los huesos como estaba, se habría conformado con una bala de paja, así que recibió la cama de verdad con incluso más gusto.

Sospechaba que se estaba haciendo viejo. A los veintiocho, el último heredero varón de su linaje, se veía fustigado a menudo por su tía abuela por no haber encontrado todavía esposa. No tenía interés alguno en una esposa, o en las mujeres en general, pero, desde luego, no era algo que se pudiera decir. Sabía que su tía abuela lo consideraba su única obligación, pero las preocupaciones de Malcolm por su futuro legado recaían en sus hermanas. Había amasado una gran fortuna y sus inversiones eran vastas, con lo que pretendía proveer a sus hermanas de todo lo necesario, decidieran casarse o no. Más allá de eso, no pensaba en cumplir otro deber que se esperara de él.

Allí, en el pequeño claro, se le ocurrió que el oscilar de los árboles sonaba casi como un coro de susurros. Fue un pensamiento estúpido, infantil, que hizo que se riera. Un movimiento en un arbusto cercano llamó su atención. Se oían crujidos entre los árboles, pero no conseguía identificar su origen. No estaba preocupado, pero sabía que, incluso en sitios tan simples como esa aldea, había que ir con cuidado.

—¿Hay alguien ahí? —gritó.

Una sombra, una figura acechante, se movió tras un árbol. Bajó la mano al cinturón para coger la pistola que solía llevar allí. No estaba; seguía en su habitación, donde la había dejado tras quitarse la ropa mojada. Maldijo su negligencia por dentro.

—¿Cuáles son sus intenciones? —preguntó Malcolm alzando la voz y dando un paso al frente.

—Ninguna, señor —dijo una ronca voz masculina—. Solo observaba.

—¿Por qué solo observar? El ambiente es bueno y la cerveza fluye. Dudo que no lo acogieran en el salón.

—No deberían, señor —respondió la voz. La figura salió de detrás del árbol y avanzó hacia el círculo de luz lunar que había cerca—. No sería adecuado.

La luna reveló que la voz pertenecía a un joven, quizás dos o tres años menor que Malcolm.

Era un joven magnífico. Su rostro mostraba una belleza y lozanía que Malcolm apenas había visto. Incluso allí, en la oscuridad de la noche, bajo el brillo de la luna, sus mejillas parecían repletas de rosada salud. Era esbelto, pero no demasiado flaco como muchos de los trabajadores del campo. Era alto y no llevaba sombrero, con lo que su rostro estaba enmarcado por el pelo rojizo rizado que se ondulaba a su alrededor. De diseño simple, pero de buen corte, su ropa se ajustaba a su complexión. Eran prendas campesinas sencillas, pero una mano experta había manejado el telar y cortado el tejido. Su anchos hombros y delgada cintura recompensaban el trabajo con su proporción perfecta.

Sin pensar, Malcolm había empezado a acercarse al joven lentamente. Se sentía atraído por una fuerza, como si tuviera una cuerda atada a la cintura que tirara de él sin pausa. Entró en el círculo iluminado y se dio cuenta de que había estado mirando al hombre abiertamente, en un silencio estúpido, y se quedó parado.

Avergonzado, abrió la boca para decir algo, lo que fuera, y el extraño inclinó la cabeza, sonriendo con timidez. Ese pequeño gesto encendió la pasión de Malcolm, que olvidó de inmediato su turbación. Intercambiaron una sonrisa.

—¿Cómo se llama? —preguntó Malcolm.

—Daniel —contestó—. Me llaman Daniel Tejedor, pues mi familia siempre ha ejercido ese empleo.

—¿Su familia ha hecho esas ropas?

—Sí, señor. Yo mismo —dijo Daniel con orgullo.

—¿Por qué no se sienta a beber conmigo? —preguntó Malcolm señalando hacia la taberna.

—Como le he dicho, no sería adecuado, señor.

—¿Le espera su esposa en casa?

—No tengo esposa.

—¿Prometida?

—Señor, creo que podrá comprobar que no tengo compromiso alguno de ese tipo.

—Ni yo.

—Eso pensaba.

—¿Tan rápido se intuye? —Un deje de vergüenza volvió a nacer cuando Malcolm recordó su reacción inmediata al ver a Daniel.

—No prestó usted atención a ninguna de las mozas de la taberna —dijo Daniel—. Se quedó solo la mayor parte del tiempo o en compañía de uno o dos simpáticos caballeros.

—¿Me ha estado observando toda la tarde? —se sorprendió Malcolm—. No lo he visto dentro.

—No, lo observaba desde fuera. Por la puerta abierta. Me llamó la atención desde su llegada a mediodía.

Daniel dio un paso hacia él y Malcolm, ligeramente estupefacto, notó su naturaleza despertarse. Sin embargo, seguía receloso.

—Pensaba que era tejedor, señor. No cazador.

—¿No puede un hombre tener varias habilidades? —Daniel enarcó una ceja y sonrió con falsa modestia.

—Es usted atrevido —dijo Malcolm con una media sonrisa—. Y, sin embargo, merodea por las sombras en vez de unirse a la velada.

—Mis vecinos no me acogen tan bien como a usted. —Daniel se encogió de hombros, con la mandíbula apretada—. Nunca he formado parte de su rebaño.

Malcolm conocía bien esa sensación, era una batalla que había librado toda su vida. Esforzándose por presentar una versión de sí mismo que resultara aceptable a los demás, aunque fuera totalmente insípida por fuera y espiritualmente anquilosa por dentro.

—Comprendo —dijo.

—Lo suponía—. Daniel estudió su rostro un momento—. Me preguntaba si querría disfrutar de mi hospitalidad, señor.

—¿Hospitalidad?

—Aunque decida no mezclarme con el rebaño, mi propio hogar está bien abastecido de cerveza y un fuego caliente. —Sus ojos buscaron los de Malcolm y parecieron resplandecer en el brillo de la luna—. ¿Podría rogarle que se uniera a mí?

Malcolm perdió la respiración y parpadeó, aturdido. Posiblemente hubiera bebido demasiado ya, pero seguro que un hogar cálido y la... compañía de ese joven sería justo lo que necesitaba. Hacía tiempo que no compartía la compañía de otro hombre y la necesidad era grande, debía admitirlo.

—Será un placer.

El bosque estaba tranquilo y en silencio mientras lo recorrían. No oyó la huida de ningún animalillo

ni el aletear de los pájaros que normalmente pobla-
ban la espesura nocturna. Le parecía que él hacía
mucho ruido, rompiendo matojos con sus pisadas.
Cada paso lo cohibía más, como si en cualquier
momento fuera a salir alguien de entre las ramas y
atacarlos.

Daniel se giró hacia él.

—Camine por aquí, a mi espalda —dijo en voz
baja.

Malcolm se puso a su espalda y todo el ruido
pareció desaparecer. Ya no oía el crepitar de ramitas
o maleza. Era extraño, claramente, pero en ese momento se olvidó de su rareza y se le tranquilizaron
los nervios.

Anduvieron un rato sin hablar hasta que Malcolm
vio una luz astillarse entre los árboles un poco más
adelante, como una joya iluminada por una vela. Se
separó de Daniel para seguir el brillo.

Se encontró con un lago cuya superficie refulgía
como un salón en temporada de bailes. Alrededor
de todo el perímetro parecía haber movimiento.
Una bandada de pajarillos, del tipo diurno, sorprendió a Malcolm con sus revoloteos y saltos,
deslizándose por el agua para luego volver a los
árboles. Gran variedad de insectos zumbaba por la
zona también, capturando con sus alas la luz de la
luna y reflejando diminutas esquirlas de iridiscen-
cia. Por el camino vio ciervos, un venado con sus
fuertes cuernos majestuoso al borde del largo. Los
árboles y los matorrales que los rodeaban bullían de
movimiento, como si todos los animales del bosque
hubieran aparecido para venerar en el altar del lago.

Daniel estaba su lado. Miraron la escena juntos.

—Es un espectáculo extraordinario —dijo Malcolm—. Nunca había visto algo así. Es de noche, pero esta laguna parece tan espléndida como el día.

—Es la luna, naturalmente —dijo Daniel—. La luna de la cosecha. Es la última luna llena antes de que el otoño caiga sobre nosotros. La noche en la que los meses cálidos se alejan y la naturaleza nos acoge en la oscuridad y el frío. Todo lo que vive celebra con una última floritura. Allí, ¿lo ve? Se dice que la luna tiene más poder en esas noches. Ahora mismo, su influencia es más poderosa.

—¿Poder?

—Sí, poder sobre toda la naturaleza. Todo se ve cautivado por su fuerza y su hechizo. Hay quien dice, antiguas historias paganas, que, cuando la luna y el solsticio se dan la mano así, es como si una especie de túnel magnificara el eco de la naturaleza. Que todo aquello cuya fuerza está ligada a la tierra es más fuerte y maravilloso que de normal. Más lleno. Más poderoso.

Malcolm miró a Daniel.

—Suena a magia.

Daniel buscó su mirada.

—Sí.

Malcolm se dio cuenta por primera vez de lo brillantes y verdes que eran los ojos de Daniel. Un verde bosque profundo alrededor de la parte exterior del iris que fluía hacia un centro sin fondo de claridad esmeralda. Si hubieran sido un instrumento, sus ojos habrían cantado con la luz que ahora bailaba en ellos. Tan cerca, Malcolm podía respirar el aroma de Daniel, especiado, como clavo o macis, y luego el olor a piel limpia, clara, recién lavada. Quería besarlo, recorrerle los labios con la lengua, saborearlo.

—Dios —exclamó—. Es usted magnífico.

Daniel bajó la mirada y le salieron hoyuelos en las mejillas al sonreír.

—Me halaga, señor.

—Un halago sugiere que tengo un objetivo, pero no digo más que la verdad. Su belleza me conmueve. —Malcolm soltó una risita—. No sé qué me ha pasado. Normalmente mi lengua no se suelta tan libremente. La bebida de aquí debe de ser fuerte.

—Quizás —coincidió Daniel.

—Quizás. —Pero Malcolm sabía que esa sensación extraña no tenía nada que ver con las bebidas especiadas. Había algo en el muchacho que lo atraía, como un hechizo.

—Mi cabaña no está lejos —dijo Daniel—. ¿Vamos?

Malcolm siguió observando el agua un momento. Parecía completamente tranquila hasta que un revuelo de ondas anunció la apertura de su superficie y peces de colores increíbles salieron de un salto, con la boca abierta a la caza del enjambre de insectos, antes de caer bajo la capa espejada y desaparecer de la vista.

Levantó la mirada hacia Daniel. La luz que se reflejaba en el lago le bruñía el costado y le otorgaba un brillo radiante, como si estuviera hecho de algo reluciente e irreal. Malcolm se preguntó cómo podía tal gloriosa criatura prosperar en un páramo rural como este. Sería el centro de atención en cualquier ciudad, el diamante de cualquier baile; y, sin embargo, aquí estaba, oculto. Qué lástima, pensó Malcolm. Y, sin embargo, al mismo tiempo parecía no pertenecer a otro lugar ni otro momento. Allí, en ese luminoso y resplandeciente retablo de la naturaleza; allí debía estar. Como una especie de rey de las hadas.

Sus miradas se encontraron, la de Daniel fascinante, brillante como piedras preciosas. Un escalofrío recorrió todo el cuerpo de Malcolm, que se estremeció. Compartir esa mirada lo excitaba más que muchas noches enteras pasadas con hombres que pudiera recordar. Si una simple mirada podía avivar su interior de esta manera, Malcolm se preguntaba cómo sería sentir el tacto de Daniel, su boca, su cuerpo.

—¿Vamos? —repitió Daniel, ofreciéndole la mano.

Malcolm la aceptó y asintió.

Capítulo 2

Era una cabaña ligeramente con forma de L junto a un riachuelo, resguardada entre árboles que curvaban sus copas sobre la casa como un dosel o arco. Malcolm se asombró de lo mucho que se parecían a los que se había encontrado a la entrada de la aldea. Algunas ventanas cubrían la pared delantera de la cabaña, al lado de la puerta. Eran sobre todo aperturas bastas sin cristal, cerradas con postigos contra el aire nocturno. Pero al final, mirando al este, había una hilera de ajimeces de piedra, su cristal dividido y ondulado y antiguo. Por esas ventanas, Malcolm comprobó que el mismo estilo de apertura ocupaba el muro opuesto; entre los dos observó un panel de colores centelleantes.

—Ahí guardo el telar —dijo Daniel al ver cómo Malcolm estudiaba la zona—. Las ventanas están colocadas así para capturar toda la luz posible para trabajar.

El fuego en el hogar ardía cálido y brillante. Más de lo normal, de hecho. Malcolm se preguntó cómo se mantenía tan vivo y domado tras haber estado sin vigilancia tanto tiempo.

—¿Vive solo? —preguntó?

—Vivo con mi abuelo —dijo Daniel—. ¿A qué se debe la pregunta?

—Por el fuego.

—Ah, sí. Debe de haberlo preparado mi abuelo para mí antes de marcharse. En noches como esta se queda fuera. La noche es lo que más le gusta, usted no debería preocuparse de que fuera a volver.

Malcolm contempló el área de dormitorio al lado del hogar: una cama amplia cubierta con una colcha de buena elaboración y dos almohadas rellenas. A su lado había una estancia para cocinar y comer. Dejó reposar la mano en una mesa gruesa y de tallado tosco que tenía dos sillas a juego. Sobre ella había estanterías con muchos libros cuyos títulos se hacían difíciles de leer, algunos antiguos, posiblemente nada más que colecciones de hojas escritas a mano encuadernadas con lazo. Junto a ellos había gran variedad de hierbas y flores secas.

—¿Es usted herborista?

—Es usted observador. —Daniel sonrió—. Es una habilidad que aprendí de mi madre, pero no la domino.

La mayor parte de la cabaña la ocupaba el área de trabajo con todas las herramientas de un tejedor. Al fondo, junto a las ventanas, había un telar de cuatro postes, un trozo de tela en progreso estirada entre ellos. Directamente detrás de los lizos e hilos se veían los árboles del bosque oscilar. El espacio entre Malcolm y el telar estaba cubierto de bobinas, algunas vacías, otras ya con ovillos; bolsas de algodón que reposaban junto a una gran rueca, enorme, que llegaba hasta el techo, con una hebra de hilo grueso sobresaliendo. Y luego más estanterías, cubiertas de frascos de cristal y tarros de arcilla. Pudo identificar un par con trozos de índigo o cáscaras de raíces de rubia que se usaban para teñir. Uno en particular le llamó la atención y Malcolm se acercó para cogerlo del estante. En su interior, las perlitas negro-grisáceas se deslizaron cuando giró el tarro de cristal.

—¿Grana? —preguntó.

Daniel se apoyó contra la mesa y sonrió estudiándolo.

—En efecto —contestó—. Parece saber mucho y observar mucho de mi oficio. La mayoría de los hombres que han estado de visita ni siquiera miran el telar.

Malcolm dejó el tarro en el estante.

—Supongo que tiene un lugar especial en mi corazón. Verá, mi madre era tejedora.

Daniel de cruzó de brazos y abrió la boca con sorpresa.

—¿Su madre era tejedora?

—En cierto modo. Más de bolillos e hilo fino que de telar. Trabajaba el encaje. Así conoció a mi padre, que se encontraba visitando encajeros en Nottinghamshire para encargar un vestido de novia para su hermana mayor, mi tía. Su madre tenía ideas muy concretas sobre cómo tenía que ser. Y allí conoció a mi madre, que había estado haciendo encajes desde que apenas llegaba a las rodillas de su madre. Se enamoró e ideó cómo casarse con ella. Sus padres no estaban de acuerdo, desde luego, pero mis futuros progenitores se escribieron durante casi un año hasta que mis abuelos cedieron y permitieron a mi padre cortejarla. Mi madre estaba muy por debajo de su clase social, claro, pero, al final, se casaron.

—¿Por qué cedieron tus abuelos?

—Por mi tía.

—¿La del vestido de encaje?

Malcolm asintió.

—Su prometido la abandonó. Se escapó con su dama de compañía el día antes de la boda. En consecuencia, mi tía cayó en tal estado de profunda melancolía que su familia pensó que jamás se recuperaría. Así que creo que mi abuela decidió que debía ver al menos a uno de sus hijos felizmente casado y, por ello, se ablandó en la batalla contra las carencias sociales de mi madre.

—¿Y se recuperó? Me refiero a su tía.

—No del todo, no. Para cuando la conocí, parecía mucho más anciana de lo que era y murió soltera. No mucho antes que mi propia madre. Murió de consunción cuando yo era muy pequeño.

Daniel lo miró con ojos dulces y compasivos y Malcolm notó que algo le tiraba del pecho. No le gustaba pensar en su familia, especialmente en su madre, pero cuando este hombre le prestaba atención era como si no pudiera guardarse ningún secreto. Daniel le cubrió la mano con la suya y le acarició la piel de los nudillos.

Lo recorrió un escalofrío que se le subió a la cabeza. Se aclaró la garganta.

—¿Y usted? —dijo, intentando no hablar de sí mismo—. ¿Qué fue de sus padres?

—¿Mis padres?

Daniel dejó caer el brazo. Parpadeó y, con la espalda recta, se acercó al hogar. Se apoyó contra la repisa y miró las llamas en silencio un momento.

—Nadie me había preguntado por mis padres.

Malcolm se acercó a él.

—Con toda certeza —dijo con suavidad—, debe usted tener padres.

Daniel asintió.

—Pero ha pasado tanto tiempo que apenas recuerdo sus rostros. —Cogió el atizador y golpeó la fogata, mandando una lluvia de chispas hacia la chimenea—. Recuerdo que mi madre tenía una sonrisa cálida y yo siempre me alegraba de verla. Me enseñó todos sus talentos: tenía mano para teñir y me enseñó las formas de trabajar los tintes para obtener los mejores colores. Era una mujer muy fuerte con buena cabeza para muchos asuntos. Sabía leer y escribir y a veces incluso ayudaba como partera a las mujeres de la aldea.

—Las hierbas —comentó Malcolm.

—Sí. Era la mujer, la persona, más extraordinaria que haya conocido nunca. Parecía capaz de dominar cualquier tarea que se propusiera. Desde luego, una mujer que es demasiado inteligente o capaz va a pasarlo mal en este mundo. Aun así, tenía unas agallas de hierro, irrompibles hasta el final.

—Así que sus padres eran tejedores.

Daniel se apoyó contra la pared.

—Sí —dijo—. Viene de familia, ambos lados, desde hace generaciones.

—¿También han fallecido?

—Hace mucho tiempo —asintió Daniel.

—Debía ser usted muy joven cuando murieron.

—Lo suficiente —dijo encogiéndose de hombros.

—¿Y después vino a vivir con su abuelo? ¿También lo ayudó a desarrollar sus talentos?

Daniel le dedicó una sonrisa triste.

—Los talentos que pueda tener yo son los suyos.

Se quitó la chaqueta y se desató las botas.

—Mis padres fueron asesinados —dijo impasible.

Malcolm parpadeó de la sorpresa.

—¿Asesinados? ¿Los dos?

—Sí. —Daniel se quitó una de las botas y pasó a la segunda—. Unos aldeanos los acusaron falsamente de un crimen. Fueron torturados. Cuando no admitieron las acusaciones, los colgaron. O eso iban a hacer. Debían colgar a mi madre primero, pero, cuando fueron a por ella, mi padre atacó a los guardias, que lo atravesaron con sus largos cuchillos. Mi madre murió sola en la cuerda.

—Cielos. Es horrible.

—Sí, lo fue —dijo Daniel suavemente mientras se levantaba—. Pero posiblemente fuera lo mejor.

—¿Lo mejor? —exclamó Malcolm.

—Me refiero para mi madre —dijo Daniel, atravesando la habitación para acercarse a Malcolm—. La tortura la dejó lisiada, con las manos mutiladas. Si hubiera vivido, el resto de su vida habría sido un tormento. Que le robaran la capacidad de hacer las cosas que adoraba la habría vuelto loca. No era el tipo de mujer que pudiera estarse quieta y callada.

Daniel ya estaba frente a él. Se quitó los tirantes que llevaba sobre la camisa, los dejó caer a los lados y se acercó para tirar del abrigo de Malcolm.

—Venid, mi apuesto forastero, no le he traído aquí para recrearnos en la miseria. No en una noche como esta. Debemos disfrutar de la belleza de la luna y de su encanto.

Dejó reposar las manos en la cintura de Malcolm.

—¿No nota el poder de la luna adentrándose en su propia naturaleza?

Sin duda, Malcolm notaba su cuerpo responder al tacto de Daniel.

—Sí —susurró.

—Bien —dijo Daniel.

Tomó la mano de Malcolm y lo guio a la cama, donde se sentaron. Malcolm se inclinó para quitarse las botas rápido y, cuando volvió a enderezarse, Daniel empezó a desabotonarle el chaleco. Mientras los dedos del joven trabajaban, Malcolm terminó de quitarse el pañuelo, ya suelto de la verbena de la velada.

Daniel le quitó el chaleco con rapidez y le recorrió los brazos con las manos, tocando los duros músculos. Tiró de la camisa de Malcolm, sacándola de los pantalones y subiéndola para poder pasar las manos por debajo de la tela, jugando con los dedos con las líneas y curvas del pecho de Malcolm, que siseó al tomar al aire, el contacto como fuego contra su piel.

Malcolm tiró de Daniel para juntar su boca a la del joven. Sus lenguas bailaron y Malcolm oyó a Daniel gemir suavemente. Lo dejó ir y se mordió el labio, sonriendo.

—No tiene miedo —dijo Daniel, sonriendo a su vez,

—¿Miedo de qué?

—De mí. Muchos hombres se muestran recelosos cuando vienen a mi casa a pasar la noche.

—Le aseguro que no temo esas cosas. He pasado muchas veladas con hombres. Aunque pocos tan encantadores como usted.

Le acarició la mejilla con un dedo a Daniel, que sonrió.

—No me avergüenzo de mis acciones —continuó Malcolm—. Cierto, soy muy consciente de la discreción que exige la sociedad. Y del peligro. Pero ¿miedo? No sirve de nada.

Daniel empezó a quitarle la camisa por la cabeza.

—Debe de tener usted una vida muy privilegiada para no deber preocuparse por esos asuntos —dijo—. La mayoría no tienen el estatus o la riqueza para protegerse.

—Quizás tengáis razón. Admito que tengo más influencia que muchos. Pero sigue siendo peligroso. No hay hombre que sea inmune del todo a la ley o la multitud furiosa.

—Parece casi orgulloso.

Malcolm lo rodeó con los brazos y lo abrazó.

—¿Por qué no debería estarlo? Incluso si me quemaran en la hoguera, no podrían llevarse mi alma, independientemente de los truquillos que se saquen de los manuscritos a los que llaman religión. Y si no pueden tomar mi alma, es lo único que importa. Seguiré siendo dueño de mí mismo.

Malcolm vio un titubeo en la expresión de Daniel que no supo leer, pero que desapareció cuando volvió a besar a Malcolm, un beso más dulce que ninguno que hubiera saboreado antes,

—Bonitas palabras —dijo Daniel—. Podrían cambiar si sufriera las llamas lamiéndole los gemelos.

—Las palabras importan mucho menos que las convicciones. Y rara vez concuerdan, para bien o para mal. Y —añadió con una sonrisa traviesa— si peco por el sable, moriré por el sable. Si debo caer, el sable es el método que prefiero.

Daniel sacudió la cabeza, divertido. Bajó al suelo y empezó a desabrochar los botones del pantalón de Malcolm.

—Espero que se le dé mejor usar el sable que las palabras.

—¿Tan mal retruécano ha sido?

—Terrible.

Tiró de los pantalones y los calzones de Malcolm hasta dejarlos caer debajo de las rodillas y se inclinó hacia delante, tomándolo en su boca. La sensación era exquisita y Malcolm se inclinó hacia atrás, apoyado en los codos, dejando que un fuerte gemido abandonara sus labios. Observó al hombre de experta boca y, detrás, la luz del hogar que parecía llenar la habitación, tan luminosa como si fuera de día. Giró la cabeza mientras se dejaba caer en la cama y sus ojos captaron un trozo de material granate. La luz del hogar cubrió la lana sedosa y pareció brillar y ondularse en la oscuridad como las llamas del infierno. Todo pensamiento desapareció velozmente cuando se volvió a ver inundado por una oleada de placer producido por Daniel. Malcolm cerró los ojos y se dejó llevar.

Al terminar, se quedaron tumbados en la cama, con una almohada a su espalda y la colcha enredada entre sus piernas. Malcolm apoyó la cabeza contra el pecho de Daniel, jugando con el colgante que este llevaba. Era una alianza de plata, lisa excepto por un diseño grabado de lo que parecía ser un serbal en el centro, que Daniel llevaba colgada al cuello de una simple cuerda.

—¿Qué es este anillo? —preguntó Malcolm, haciéndolo girar entre sus dedos.

—Es una larga historia —dijo Daniel, cogiéndole la mano a Malcolm para pararla.

Malcolm se giró hacia el hogar, que todavía ardía con fuerza y cuyo calor llegaba a la otra punta de la habitación.

—Nunca había visto una hoguera arder tan intensamente —murmuró.

Daniel le acarició el pelo y empezó a tararear. El tarareo se convirtió en una cancioncilla.

¡Ay! Vi a un gran hombre al que amé.

Junto al camino estaba su rostro sonriente,

Una visión con la que nunca pensé se me agraciaría.

—Esa canción —lo interrumpió Malcolm—. La conozco bien. Mi ama me la solía cantar de pequeño. En el verso *Ay, pero sus rizos eran encantadores y sedosos*, decía «colmados» en vez de «sedosos».

—¿Colmados?

—Sí, era como un apodo que me puso, de Malcolm. Colm-Colmado-Colmy. —Sonrió, recordando cómo su vocecilla cantaría repetía las rimas y los juegos.

—Es una canción triste para cantársela a un niño, ¿no? El muchacho de los rizos sedosos muere al final.

—Bueno, mi ama era irlandesa, al fin y al cabo. —Malcolm se encogió un poco de hombros—. Me dijo que la trajo de su tierra. Me sorprende que la conozcas.

—Esas canciones tradicionales suelen viajar. Seguro que ya tiene siglos y la han reescrito una y otra vez.

—Sí, es probable.

—¿Querías mucho a tu ama?

—Sí, mucho. Supongo que es una historia trillada: niño pierde a su madre, busca un regazo que lo acoja en el servicio. —Malcolm hizo una pausa—. Creo que, en cierto modo, fue más fácil para mi familia. Nunca hablaban de los orígenes humildes de mi madre y, de hecho, mis abuelos inventaron toda una historia nueva para ella que se afianzó como realidad con su muerte. Me enseñaron a no hablar nunca de ella y, pronto, sentí que empezaba a olvidar cómo era de verdad. Se convirtió en una dama de leyenda, remota y misteriosa, poderosa y bella, pero solo presente en mis sueños, no en el mundo real. Todavía solo pienso en ella cuando estoy solo.

—También has conocido mucha pena.

—¿Sí? Supongo. Pero no es más que la vida y su transcurrir. Tenemos que abrirnos paso. —Recorrió la mejilla de Daniel con la mano—. Ni me imagino cómo puedes cargar con las penas que has sufrido.

Daniel le besó las puntas de los dedos.

—He aprendido que, cuanto más se vive, más fácil es olvidarlas.

—¿Sí? Considero que la realidad es justo lo contrario. Ya no causan la misma punzada de dolor que hace años, pero los recuerdos permanecen y, a veces, llegan en los momentos más inesperados para confundirnos.

Se quedaron en silencio un momento.

—Nunca he hablado de mis sentimientos sobre mi madre y mi familia con nadie —dijo Malcolm—. Pero contigo, debo admitir que me siento como en confesión, como si estuviera presentando mi vida en búsqueda de absolución.

—Quizás no es más que la bebida —dijo Daniel, moviéndose para besarle el cuello—. O el calor del fuego.

Malcolm se apretó contra sus fuertes músculos y giró la cabeza, exponiendo toda la longitud de su cuello.

—O el calor de tu cuerpo contra el mío —dijo con la voz cargada.

—O eso —dijo Daniel.

Posó varios besos contra el cuello de Malcolm y luego trazó la línea suavemente con la punta de los dedos.

—Qué piel más lisa y hermosa —susurró mientras su tacto bajaba del cuello hasta llegar al pecho de Malcolm—. Suave y sin marcas.

Malcolm emitió un sonido con los labios como respuesta, con los ojos cerrados y una sonrisa en los labios.

—Duerme ahora, mi Colmy —dijo Daniel—. Te has agotado esta noche. Descansa.

Capítulo 3

Malcolm se despertó con un sonido de metal repiqueteando. Parpadeando, vio a Daniel a mitad camino entre el hogar y la cama, su cuerpo desnudo, tembloroso, recortado contra el fuego. La expresión de su rostro era de pura agonía.

—¿Daniel? —Malcolm intentó controlar la sensación de malestar que se despertaba en su interior—. ¿Ocurre algo?

Daniel cerró los ojos un segundo y se giró para acercarse a la mesa. Se dejó caer en una silla, con el fuego brillante dibujando la mitad de su silueta. Apoyó un codo en la mesa tapándose los ojos, con el otro brazo laxo a su lado.

Malcolm se enderezó. Un destello de luz le llamó la atención al hacerlo y, cuando buscó su origen, vio un cuchillo en el suelo cerca del hogar. La hoja era delgada y curvada, el filo brillante como una cuchilla, como si lo acabaran de afilar. El sonido que lo había despertado debía de haber sido el cuchillo al caer. ¿Por qué habría sacado Daniel un cuchillo?

El instinto le decía que se alejara inmediatamente, aunque le costaba entender el repentino cambio de atmósfera. Había vivido más de un encuentro en el que los hombres se volvían violentos despúes del acto, alterados por la deshonra de sus propios deseos. Había aguantado berridos e insultos, incluso escenas de peleas a puñetazos, pero la forma en la que Daniel lo había mirado indicaba algo diferente. Algo que parecía delicado y roto, incluso más aterrador de lo normal. Se puso los pantalones conforme se levantaba y cogió el resto de su ropa tirada por el suelo.

Daniel estaba en la silla, abrazándose el abdomen con los brazos, inclinado como con dolor. Sin embargo, su rostro, por lo que podía ver Malcolm, estaba apacible, calmado, casi impasible. Era una imagen inquietante que lo conmocionó. Ignorando lo que su cabeza le decía, Malcolm le puso la mano en el hombro a Daniel. Cuando este levantó la vista, su mirada era tensa y estaba marcada por la consternación. Parecía haber envejecido años, abrumado por emociones martirizantes.

—Deberías irte.

Malcolm se quedó atónito.

—¿Ahora mismo?

—Sí. Ahora. Vete.

—¿He hecho algo que te haya ofendido, Daniel?

—No es eso. —Hizo rechinar los dientes—. No puedo prometerte nada.

—No te he pedido promesa alguna.

—No lo entiendes. Al amanecer... —Daniel vaciló. Se enderezó y descruzó los brazos. Se le escapó una respiración agitada—. Mi abuelo volverá al amanecer.

—¿Y no quieres que me vea aquí?

—No puede.

—Lo entiendo, créeme. He tratado con más de un padre enfadado en mi vida, o esposa, a veces. —Malcolm conocía de sobra los peligros de los hombres culpables—. Pero faltan horas para el amanecer. Con toda certeza, no puede ser tan urgente como piensas.

Daniel sacudió la cabeza con una mueca.

—No, mejor que sea ahora. Has de irte. Mi abuelo... No puedo garantizarte... No sé lo que haría. Se le conoce por ser... agresivo.

—Seguro que un anciano no...

—Violento. A veces es violento. Especialmente cuando llega el amanecer.

—¿Dónde ha estado? ¿Bebiendo? ¿Qué lo ha tenido ocupado toda la noche?

—No, bebiendo no. —Daniel se giró entonces con una expresión extraña en el rostro—. La luna.

—¿La luna? —Malcolm se colocó bien la camisa, anonadado—. ¿Qué tiene que ver la luna con todo esto?

—Pasan cosas extrañas con una luna como esta —dijo Daniel, la voz tan calmada como las aguas tranquilas—. Cosas extrañas y poderosas. Hay poder en la luna.

Malcolm se arrodilló a su lado. Daniel le dio la espalda y miró al fuego. Malcolm le pasó los dedos por el pelo que le cubría la frente.

—No —negó Daniel con un susurro, pero no puso fin a las caricias de Malcolm.

—¿Las cosas de las que hablaste en el lago?

—Sí.

Malcolm buscó en la mirada del hombre hermoso con el que acababa de yacer. Los ojos de Daniel se cerraron mientras Malcolm le acariciaba el pelo.

—¿Algo como magia?

Daniel abrió los ojos de golpe y miró a Malcolm con los ojos duros, frenéticos.

—Tienes que irte. Te lo ruego. —Daniel se llevó el puño a la boca, ocultándose la boca—. Por favor.

—Te prometo que no te daré motivos para enfrentarte a tu abuelo.

Malcolm estaba agotado y su cabeza le decía que el joven estaba claramente trastornado, pero algo le instaba a quedarse. Quería rodear a Daniel con los brazos para mantener a raya lo que sea que fuera ese pánico salvaje y desgarrador. Quería protegerlo, salvarlo.

Daniel le puso la mano en la barbilla. Su expresión era neutra, con los ojos como dos círculos de sílex pulido, negros y brillantes, cuando giró la cabeza de Malcolm de lado a lado, estudiando su rostro.

—Qué joven —susurró Daniel.

Una sensación fría se extendió por el estómago de Malcolm.

—Soy mayor que tú, no soy tan joven —tartamudeó.

—No lo entiendes —dijo Daniel con voz hueca y cansada. De golpe, agarró a Malcolm del cuello—. No entiendes nada.

Su voz no era fuerte, pero tenía tal intensidad que sonó como un grito.

Sus manos apretaron el cuello de Malcolm.

—Da... Daniel —balbuceó Malcolm como protesta.

Pero Daniel no pareció oírle. Su rostro era una máscara, sus ojos oscuros, los espacios a su alrededor hundidos y ensombrecidos. Sus mejillas parecían hundidas, su nariz soltaba aire con fuerza. Su agarre era como un cepo que se cerraba, tirando de Malcolm por el cuello. Cuando Malcolm estuvo de pie, Daniel empezó a empujarlo, llevándolo hacia atrás, y Malcolm se tropezó con sus propios pies. Pero Daniel lo sujetaba de la garganta con el brazo extendido todo lo posible y siguió empujando a Malcolm hacía atrás.

La piel del rostro de Daniel parecía estirarse contra sus huesos, sus ojos como dos estanques de puro negro. Sus labios se abrieron en una horrible sonrisa y, cuando habló, su voz parecía amplificada, como si hablara más de una persona, varias veces, convergiendo en un rugido de sonido.

—DEBES. MARCHARTE.

A Malcolm se le nubló la vista mientras luchaba por que el aire le llegara a los pulmones.

—VETE —volvió a resonar la voz de Daniel.

Se oyó un repentino golpe fuerte cuando chocó con el muro. El agarre de Daniel se soltó y Malcolm cayó al suelo, tomando aire con dificultad y restregándose el cuello.

Daniel se dejó caer hacia atrás y se quedó de rodillas, con el cuerpo sin fuerzas.

—Lo siento —gimió, su voz llena de desesperación—. Lo siento, lo siento, lo siento.

Empezó a sollozar.

A Malcolm le daba vueltas la cabeza, se sentía confuso. Aunque hasta el último ápice de inteligencia en su cuerpo le decía que corriera, que huyera de ese hombre que apenas hacía un segundo lo tenía esforzándose por respirar, se movió hacia él. El sonido de los sollozos removió algo muy profundo en Malcolm, que rodeó los hombros de Daniel con un brazo y lo apretó contra su pecho. Enterró la cara en el pelo del joven.

—Lo siento. —Los sollozos de Daniel empezaron a calmarse—. Pero debes irte. Por favor, te lo ruego.

Malcolm asintió, sabiendo que no encontraría alivio. Se levantó de un salto, recogió sus botas y se las puso deprisa.

En la puerta, se giró.

Daniel seguía en el suelo, desnudo y acurrucado. Se había acercado las rodillas al pecho y escondía su rostro en ellas. Solo la luz que entraba desde fuera por la ventana lo tocaba y le daba a su piel un sombrío tono azul.

Esa visión triste y delicada hizo que Malcolm quisiera cogerlo, abrazado, apretarlo contra sí y reconfortarlo a besos. Un coro de caos resonó en su mente. Dolor, miedo, confusión, rabia... todo rebotaba como una cacofonía. Cerró los ojos, suspiró con profundidad y sacudió la cabeza. Abrió la puerta y notó el aire frío de la medianoche rodearlo. Agradeció su poder vigorizante y salió. Dejando que sus pies lo llevaran a toda prisa, se obligó a no echar la vista atrás para mirar la solitaria cabaña, temiendo cambiar de opinión.

Ya en su habitación en la posada, echó agua frígida en la jofaina y se mojó la cara. Se desvistió y se metió en la cama, agradecido al ver que su bolsa de agua caliente no se había enfriado todavía. Se subió las mantas hasta la barbilla y, por primera vez desde que había salido de la taberna esa noche, sintió la mente clara. Mientras recorría el bosque oscurecido de camino a la posada, lo perseguía la sensación de que había abandonado o se había olvidado algo. Incluso mientras se esforzaba por encontrarle sentido lo que había pasado en la cabaña del tejedor, las imágenes del ceño fruncido de Daniel, el fuego y el cuchillo en el suelo habían empezado a desaparecer. Lo que recordaba con más fuerza, con total claridad, eran dos imágenes contradictorias. El rostro de Daniel sobre él en la cama, su cabello brillante iluminado por el fuego, y su lastimera figura en el suelo, azul como el dolor, rodeado por las sombras de la noche.

Cuando por fin empezó a quedarse dormido, deseó que todo tuviera más sentido por la mañana.

Capítulo 4

El desayuno fue una loncha de jamón frito, fruta cocida y un trozo de masa frita. Lo devoró con más hambre de la que había tenido desde hacía un tiempo y comió apenas saboreando la comida. Pidió un segundo plato y se vio recompensado con otro trozo de masa frita, ya que la señora Beamon, la ama de la posada, estaba encantada, al considerarlo un halago a su cocina. Estaba engullendo cuando se abrió la puerta de la taberna y un trío de hombres de aspecto tosco se abrieron paso pidiendo cerveza a gritos.

—Ya sabéis que no sirvo más que cerveza rebajada antes del atardecer —los regañó la señora Beamon.

Aunque se quejaron, los hombres aceptaron con alegría los vasos que les dio.

Malcolm no los reconoció de la tarde anterior y le parecieron del tipo que era mejor evitar, a juzgar por las duras miradas que le dirigieron conforme se sentaban alrededor de una mesa cercana.

Intentó ignorar su presencia mientras daba sorbitos a su propia cerveza rebajada, pensando en el día que tenía por delante. Si partía antes del mediodía, tendría tiempo de llegar a casa al anochecer, incluso aunque se permitiera un pequeño desvío a la cabaña del tejedor. No quería perturbar a Daniel, pero no podía deshacerse de la pesadumbre que le habían causado esos últimos momentos en la cabaña. A pesar de las advertencias sobre ese violento abuelo que ya debería de haber vuelto, tenía que saber si Daniel estaba seguro. Que la noche no lo había dejado roto. Y un rollo de preciosa tela carmesí sería el regalo perfecto para su hermana a su regreso, así que los negocios le daban una excusa para la visita.

Un revuelo en la puerta interrumpió sus pensamientos. Levantó la cabeza y vio entrar a una joven con una cesta bajo el brazo. Uno de los hombres que habían estado mirando con mal ojo a Malcolm se levantó, llevándose la gorra al pecho.

—Dios santo, Alse Staughton —exclamó, moviendo las cejas hacia la joven—, eres un diamante de primera clase.

—Y tú, Elias Rawthorn —contestó ella con una mueca de disgusto—, eres un crápula borracho. ¡Silencio!

Los compinches de Elias soltaron risotadas y este se dejó caer en la silla fingiendo estar herido. Cuando se inclinó hacia atrás, Elias giró la cabeza hacia Malcolm. Lo miró con desdén, levantando el labio para mostrar dos dientes ennegrecidos. Malcolm apretó la mandíbula y se inclinó hacia delante, devolviéndole la mirada amenazadora.

—Ay, quedará magnífico —exclamó la señora Beamon, distrayendo a los dos hombres.

Alse sonrió y asintió. En sus brazos sujetaba un trozo de tela doblada verde pálido cuya superficie brillaba como la seda. Con un gesto grandioso, Alse dejó caer un pliegue de la tela ante ella, reposando contra su cuerpo. La señora Beamon sonrió mostrando su apreciación y recorrió la suave superficie con el dorso de la mano.

—Con su tonalidad y su cabello, creo que será el complemento perfecto —dijo Alse—. Estoy impaciente por empezar a coser.

—¿De dónde has sacado eso, cabeza de chorlito? —gritó Elias.

Alse hizo una mueca hacia la señora Beamon y puso los ojos en blanco.

—Sabes perfectamente de dónde lo he sacado —contestó ella sin siquiera mirar a Elias.

—Te arrepentirás de relacionarte con ese impío, ya lo verás, Alse Staughton. Deberías andarte con cuidado antes de verte mancillada.

—Me arrepentiré de muchas cosas en mi vida, de eso estoy segura —contestó Alse—. Especialmente de escuchar hablar a lerdos sin cerebro como los que tengo ante mí. Pero nunca me arrepentiré de mis negocios con el viejo tejedor.

—¡Es un pecador! —gritó Elias.

Alse se puso la mano en la cadera y lo evaluó con una mirada.

—¿Y tú qué? ¿Como una cuba a todas horas? No tires la primera piedra, Elias Rawthorn.

—No me sermonees, moza. Tengo edad para ser tu padre y deberías sentirse agradecida de que alguien se interese por tu alma.

—Debería estar agradecida de tener un artesano como este entre nosotros. Es la tienda más cercana que tengo a menos de un día de distancia y está dispuesto a aceptar menos pago de lo que valen sus trabajos. Y, ya puestos, tarugo, teje las telas más hermosas. Tiene manos de artista.

—Tiene las manos de Lucifer, es lo que tiene —dijo Elias—. Debería haber bailado en la soga hace mucho tiempo.

—Dejadlo estar —intervino la señora Beamon—. El anciano no hace daño a nadie. Solo están él y su telar en aquella cabaña y apenas ve otra alma.

—¿Y qué pasa con su nieto? —Malcolm se sorprendió a sí mismo al hablar, pero la idea de tratar el tema del hombre que había plagado sus pensamientos toda la mañana era demasiado tentadora.

Elias Rawthorn se levantó de un golpe de su silla y se giró hacia Malcolm. La señora Beamon intercambió una mirada preocupada con Alse.

—¿Qué sabes de su nieto? —preguntó Elias en tono áspero y amenazante.

Malcolm se arrepintió de haber hablado, pero sabía que no podía acobardarse ante un tipo como Elias.

—Solo que lo conocí anoche.

—¿Lo conociste? —explotó Elias. Se acercó rápidamente a la mesa de Malcolm y apoyó con fuerza los puños en la superficie—. ¿Y dónde conociste a esa criatura?

Malcolm dio un sorbo a su cerveza tranquilamente antes de responder.

—Aquí —contestó, levantando la mirada con frialdad—. A la puerta de esta misma taberna.

—Ah —cogió aire la señora Beamon.

Elias se inclinó más hacia delante y Malcolm notó el hedor de su aliento como un golpe en la cara.

—¿Y seguiste a ese hombre a su cabaña? —preguntó con desdén.

Malcolm se puso alerta de repente. ¿Lo habían visto irse con Daniel? ¿Cómo podrían haber sabido dónde iban? Pero no dejó que se viera su duda. Se puso en pie, dando un empujón a la mesa con fuerza, con lo que Elias dio un traspié que casi lo tiró al suelo.

—Cuidado con lo que dice con esa bocaza suya —rugió Malcolm. Se apartó el sobretodo y puso la mano en la pistola.

La señora Beamon se acercó corriendo.

—¡Paren! —gritó. Se giró hacia Malcolm—. Elias tiene la lengua suelta como un pescado en un río bravo, cierto es, y me disculpo por sus palabras groseras y maleducadas, pero el relato que cuenta resulta desconcertante.

—¿Intercambiar palabras de cortesía con un desconocido resulta desconcertante? —preguntó Malcolm—. Señora, me confunde.

—No con un desconocido, señor —dijo la señora Beamon, mirándolo todavía con recelo—. Con un brujo.

—¿Un brujo? —exclamó Malcolm—. ¿Qué fábulas me intenta contar?

—El nieto del que hablas —escupió Elias— no es más que el viejo mismo.

Malcolm miró a Elias; notó el frío apretarle por dentro.

—No sea ridículo —consiguió decir.

—Solo aparece durante la luna de la cosecha —explicó la señora Beamon—. Se dice que el viejo tejedor toma la forma de un hermoso joven y recorre los bosques.

—Buscando sacrificios frescos —añadió Elias.

El cuchillo abandonado junto al hogar. Y, sin embargo, había podido escapar... De hecho, se había visto obligado, por Daniel. No tenía sentido. Malcolm se quedó allí parado, en silencio, buscando algo en los rostros que lo observaban.

—Pues yo creo que no son más que pamplinas lo que contáis. —La voz clara de Alse agujereó el silencio. Malcolm agradeció su interrupción; la confusión dominaba su mente—. Nunca he visto un trabajo tan delicado en mi vida. Y el viejo tejedor siempre ha sido amable conmigo. Esas palabras horribles no son más que patrañas.

—No son patrañas, chiquilla —graznó una voz desde una esquina de la sala.

Todos se giraron a mirar a la anciana que allí estaba. Era muy mayor, con la piel tan oscura y arrugada como las paredes de la taberna. Sus párpados estaban caídos y Malcolm la habría creído dormida si no hubiera hablado. Sus manos nudosas se aferraban a un grueso bastón tan pulido que brillaba.

—El viejo tejedor ha firmado el libro del diablo, tan seguro como que el agua fluye por el río, y yo estoy segura de ello —declaró.

—¿Cómo puede estar tan segura? —preguntó Alse.

—El anciano apareció en nuestra aldea cuando mi propia madre no era más que una jovenzuela y yo un bebé a su lado. Sin embargo, aquí ha permanecido toda mi vida y nadie recuerda su juventud. Nos dijo que venía de algún lugar en East Anglia, donde había desarrollado su actividad como tejedor, como su padre y su abuelo antes que él. Pero mi madre y los que por aquellos entonces vivían aquí averiguaron que muchos tejedores habían abandonada esa misma área huyendo del mismo General Cazador de brujas y que había tenido que vagar por el país buscando refugio y nuevos hogares.

—No se referirá usted al General Cazador de brujas Matthew Hopkins, ¿no? –preguntó Malcolm incrédulo.

—Ay, claro que sí, joven. Muchos de los que huyeron fueron capturados por el camino y los mataron por ser practicantes de lo oscuro, pero algunos escaparon. Y se mudaron, viajando solos, buscando aldeas en las que asentarse, drenándolas de vida y fe.

—Suena más que imposible, anciana —dijo Malcolm—. El General Cazador de brujas falleció hace más de doscientos años.

La mujer sacudió la cabeza con fuerza.

—¿Recuerda alguno cuando el viejo tejedor no vivía en esta aldea? —preguntó, mirando al resto de la taberna—. No, ninguno. ¿Y alguno lo recuerda cuando no era viejo y gris? No, ninguno.

—Pero ¿cómo es posible? —pregunto Malcolm.

—Porque es un brujo —contestó la anciana con un movimiento del bastón para que golpeara el suelo como el martillo de un juez—. Hay quien visita nuestra aldea. Llegan la noche de la luna de la cosecha, a la sombra de Mabon, y paran para reposar o descansar. —Levantó la mano, separando los dedos en abanico—. Y desaparecen como el rocío sobre la hierba. De la nada. Dejan atrás lo que llevaban, dinero, atuendos, caballos, carruajes, todo lo que pueda requerir un hombre. Abandonado.

Posó sus ojos llorosos en Malcolm.

—Y a todos se los vio por última vez en compañía de un joven de pelo como el fuego.

Malcolm se quedó paralizado, como si su cuerpo estuviera de golpe hecho de piedra. Quería reprender a la anciana, decirle que no era más que una fabulista cargada de supersticiones. Quería reírse en la cara de todos los presentes. Sin embargo, no podía quitarse la extraña sensación que lo dominaba, la idea de que, de alguna forma, había conseguido escapar del mismo destino del que hablaba la mujer.

En la otra punta de la habitación, Alse soltó una risotada.

—Silencio, zopenca —gruñó Elias—. ¿Qué sabes de nada de este mundo?

Alse apretó los labios con fuerza y pareció que fuera a escupir.

—Tengo un vestido de novia que hacer —declaró—. Eso lo sé, al menos. Podéis quedaros regodeándoos en el lodazal de vuestras supersticiones, pero yo prefiero ver cómo sigue la vida. Os lamentáis por asesinatos y maldiciones, pero yo tengo amor que me mantiene ocupada.

Recogió su cesta y se dirigió a la puerta.

—Yo también debo partir —dijo Malcolm, recuperado de su bloqueo mental—. Me han dejado con mucho sobre lo que meditar en mi viaje de retorno, pero debo llegar a casa antes del anochecer. Mi caballo está preparado para el trayecto y mi familia me espera. Señora Beamon, permítame que pague mi cuenta.

Eso hizo, notando cómo todos los ojos de la taberna lo vigilaban. La señora Beamon le dio el cambio y él le agradeció su hospitalidad y se preparó para marcharse. Cuando estaba casi en la puerta, una mano le cogió del brazo. Era Elias, de repente a su lado.

—Quizás eres tú—dijo Elias con voz cargada.

—¿Cómo?

—Quizás eres el enviado a liberarnos de la maldición —se atrevió a decir Elias—. Quizás eres el enviado para destruirlo por fin.

Malcolm sintió aversión ante la súplica desnuda en la mirada del hombre. Se soltó del agarre de Elias con fuerza.

—Que tenga un buen día.

Una vez estuvo sobre Grannus, aunque su mente era un revoltijo de pensamientos y emociones, no hubo más debate. Con la excusa de hacer compra o sin ella, debía visitar la cabaña del tejedor. Tenía que ver por sí mismo si estaba solo el anciano o si también encontraba a Daniel. El sentido común le decía que, sin duda, ambos estarían allí. Claramente, las supersticiones y creencias atrasadas estaban arraigadas entre los aldeanos, solo Alse parecía tener un poco de claridad mental. Las afirmaciones eran tan inverosímiles que se preguntó si no les habrían nublado el juicio, si quizás no llevarían demasiado tiempo alejados de todo, de forma que incluso la aparición de un desconocido les provocaba un extraño pandemonio de emociones. No era de extrañar que los visitantes desaparecieran; Malcolm suponía que habrían huido de la extraña aldea tan rápido como pudieran. Si Elias y su grupo era ejemplo de algo, puede que hubiera miedo a un ataque o una agresión en el pecho de cualquier desconocido.

Aun así, por mucho que ansiara desestimar sus fábulas y especulaciones, no podía deshacerse de la sensación de haber visto a Daniel tan expuesto la noche anterior. Se había sentido abrumado por una batalla de emociones como nunca Malcolm había presenciado: su actitud, su cuerpo, su voz, toda la experiencia parecía casi de otro mundo. No podía negar que, de alguna forma, el hombre había parecido poseído; por la pena, sí, pero algo incluso mucho más profundo. Algo que le desgarraba su propia alma. Una decisión se había tomado la noche anterior en esa cabaña; una decisión que, si se creía lo que contaban los aldeanos, podría haberle salvado la vida a Malcolm. Pero ¿por qué? ¿Con qué motivo? Sabía lo mucho que lo había impactado su tiempo con Daniel, cómo había sentido un extraordinario consuelo durante unas horas. Mientras yacía con Daniel, cuando lo había acunado en sus brazos, no había sentido desasosiego, ni dolor de penas pasadas, ni preocupaciones por sus futuros deberes. Había podido hablar libremente de su infancia, de su querida madre, de todo lo que había dado forma al hombre en que se había convertido, y no había recibido ni ataque ni juicio. Se había sentido, quizás por primera vez, que él pudiera recordar, completa y absolutamente libre, sin la carga de las expectativas del mundo.

Capítulo 5

Vio los árboles torcidos que anunciaban la entrada a la pequeña ensenada junto al lago donde estaba la cabaña del tejedor. Redujo el paso de Grannus y se acercó, con dudas, pero determinado. Aunque había algunos árboles en su campo de visión, veía tanto la cabaña como la figura que esperaba en su exterior. Era un anciano con un bastón. Estaba doblado por la edad y se movía con lentitud por el camino junto a la cabaña. Sus pies pisaban lentamente el suelo; su atuendo, aunque no era nuevo, estaba aseado y limpio, era de buena calidad, pero le colgaba de su delgada y torcida figura, casi sin forma por falta de carne. Malcolm no podía vislumbrar bien su rostro, pero, incluso en la distancia, diferenciaba las líneas de la edad y la piel hueca y delgada que le colgaba de la cara y el cuello. Parecía incluso más arrugado y desgastado que la anciana de la taberna.

Vio al anciano pararse a recoger una flor o hierba del suelo, obligándolo a agacharse lentamente, con delicadeza. Malcolm se imaginó el crujir de sus articulaciones incluso desde la lejanía. ¿Ese era el viejo tejedor del que lo habían advertido? ¿Este era el hombre que, bajo la inundación de la luz de la luna de la cosecha, se transformaba por arte de magia en el hombre fuerte, hermoso y de espalda recta al que conocía como Daniel? Estaba tan abrumado por el estupor y la sorpresa que quiso reírse. Sin duda, se dijo, había dejado a su mente correr desbocada, derrocando su buen juicio y el pensar real y cuerdo. ¿Cómo podría este anciano decrépito, siquiera en la imaginación, ser algún tipo de amenaza, poseer algún tipo de poder o dominio sobre las fuerzas de la naturaleza? Se sentía necio por haberse dejado llevar por esas historias de terror alimentadas por la cerveza. Sin lugar a duda, Daniel habría tenido otro motivo para echarlo por la noche. No podía ser el miedo a ese pobre hombre. Estaba decidido a hablar con Daniel directamente y descubrir la respuesta.

Malcolm chasqueó la lengua e instó a Grannus a avanzar hacia la cabaña. El anciano, obviamente al haberlos oído acercarse, se giró hacia el jinete y el caballo y los examinó. De repente, Grannus se paró por completo en medio del claro. Grannus era un caballo fuerte con nervios de acero que no se asustaba con facilidad, por lo que su reacción sorprendió a Malcolm. Murmuró palabras de ánimo a su corcel, pero Grannus se negaba a avanzar. Malcolm le dio unas palmaditas en el cuello y desmontó.

—Disculpe, señor —llamó tras atar rápidamente a Grannus a un poste provisional cercano.

El anciano se giró sin ofrecerle respuesta.

—No es mi intención importunarle —dijo Malcolm—, pero me preguntaba si podría hacerle unas preguntas.

El anciano no se giró, pero levantó su mano libre.

—No acepto encargos a medida en este momento, señor.

Su voz sonaba gutural y grave por la edad, pero tenía algo familiar.

—Sí que esperaba poder adquirir algunos de sus tejidos. Los he visto en la aldea y están finamente hilados. Pero hay más sobre lo que quería preguntar.

El anciano dejó de andar y levantó la cabeza, pero siguió sin girarse.

—¿Ha visto mis tejidos en la aldea?

—Sí, una joven los trajo a la posada donde me alojaba.

—Ah, la joven Alse. ¿Y estaba complacida?

—Sí, mucho. Todo el que los vio alabó su calidad.

El anciano asintió.

—Bien. Es para un vestido de boda.

—Eso dijo.

—Sin duda hará una buena prenda con ella. Tiene magia en las manos, Alse. Es una entre unos pocos. Me alegra oírlo. Las prendas de amor merecen atención.

El anciano empezó a andar hacia la cabaña.

—Señor, permítame otra pregunta.

El anciano siguió su camino.

—He venido a ver a Daniel.

El anciano paró. Lento, usando su bastón como apoyo, se giró para mirar a Malcolm. Cuando este vio la cara del anciano, se le secó la garganta.

—Se ha ido —dijo el anciano, seco, y se volvió a girar.

Malcolm estaba desconcertado e intentó mantenerse sensato.

—¿Se ha ido? —preguntó—. ¿Volverá?

—No —dijo el anciano moviendo la mano—. Nunca más.

—Pero señor, ¿cómo es posible? Solo han sido unas horas... quiero decir que el día es joven todavía. ¿Hasta dónde podría haber ido desde el amanecer?

Malcolm dio un paso al frente para seguir al anciano.

—No lo volverá a ver —declaró el hombre. Intentó avanzar más rápido—. Ahora debe...

El anciano se vio interrumpido por su propio grito cuando, con el apuro, su bastón golpeo un desnivel y se le escurrió, haciéndolo tropezar. Malcolm se apresuró a ayudarlo. Lo cogió del brazo y el anciano subió la mirada hacia Malcolm. Su expresión era de pánico y miedo, cierto, pero también de un terror que iba mucho más allá del miedo a caer. La mente de Malcolm se llenó de imágenes de Daniel, ensombrecido por el resplandor del hogar por la noche. Su rostro demacrado en agonía cuando lo miraba desde la silla. Su cuerpo tirado en el suelo de la cabaña, postrado bajo la luz de la luna.

Quizás es usted el enviado a liberarnos de la maldición.

El recuerdo de las palabras de Elias Rawthorn en su mente le golpeó como una bofetada.

—Por favor —dijo—, déjeme ayudarle.

Temblando, el anciano asintió.

—¿Puedo ayudarle a entrar? —preguntó Malcolm.

—No —dijo bruscamente—. No, no, aquí está bien.

Movió la mano hacia un pequeño taburete que había junto a la puerta, en el que Malcolm lo ayudó a sentarse.

—Mi bastón.

Malcolm lo recogió y se lo ofreció. El anciano se apoyó el bastón en el regazo y Malcolm notó que todavía le temblaban las manos.

—¿Es usted el viejo tejedor?

—Así me llaman —contesto, mirando a Malcolm con sospecha—. ¿Qué le trae en mi búsqueda?

Malcolm se dejó caer sobre una rodilla, inseguro. ¿Se atrevía a comentar las sospechas de su espíritu? ¿Se atrevía a encararse a esa alma anciana y exigir respuestas?

—Mi buen señor, de ninguna manera pretendo molestarle o importunarle. A decir verdad, solo quería hablar con su nieto Daniel una vez más antes de partir. Quería darle las gracias. Se mostró muy hospitalario y amable conmigo durante mi estancia en esta aldea. —Malcolm se colocó bien los puños de la camisa—. De hecho, se mostró casi más hospitalario que nadie a quien haya conocido.

El viejo tejedor lo observó.

—¿Y ese es el único motivo de su visita?

Malcolm levantó la mirada.

—¿Qué otro motivo podría tener?

—Hostilidad. Sospecha. Destrucción. Así son los visitantes habituales en este lugar.

—Señor, mi corazón no alberga esos sentimientos hacia este lugar y, especialmente, no hacia Daniel.

El anciano abrió mucho los ojos un momento y luego bajó la barbilla hacia el pecho.

—Como le he dicho, se ha marchado.

—¿Sería posible esperar a su regreso?

—No regresará.

—Con toda seguridad, volverá en algún momento. Quizás no hoy, otro día, quizás cuando la atmósfera sea más acogedora.

El tejedor estudió a Malcolm. Movió los labios como si fuera a hablar, pero empezó a temblar y apartó la mirada.

—Ahora solo estoy yo aquí —dijo tras un momento de silencio. Miró directamente a Malcolm, con los ojos duros—. Daniel nunca regresará. Y me gustaría que me dejaran en paz. Durante el tiempo que me quede.

Malcolm volvió a sentirse como si lo hubieran abofeteado. Se puso de pie, más cansado de lo que pensaba que estaba. Su cuerpo se tambaleó como si hubiera sufrido una herida o una derrota repentina.

—De acuerdo. Para nada quería ofenderle, se lo aseguro. Me estoy habituando a que me echen de esta cabaña, perplejo y confuso. Si insiste, no le importunaré más, pero déjeme implorarle un último favor. Si vuelve a ver a Daniel, si regresa en el futuro, un día, un mes o un año, por capricho o por arte de magia o si de repente lo ve aparecer en un charco de luz de luna entre los árboles, ¿podría decirle que Malcolm Robertson vino en su búsqueda? ¿Qué quería agradecerle la amabilidad que me mostró y que solo quería devolvérsela? Y, especialmente, dígale por favor que espero volver a encontrarme con él algún día, volver a verlo, aunque sea brevemente. Si así lo quisiera, podría escribirme a Farrington

Hall y yo vendría de buen modo a visitarlo aquí o lo invitaría a alojarse conmigo, si fuera posible. Agradecería la oportunidad de conocerlo mejor. De hecho, a decir verdad, no he conocido mayor deseo en la vida que conocerlo a él.

El tejedor lo miró en silencio y Malcolm mantuvo la mirada fija. Se estaban formando lágrimas en los ojos del anciano, lágrimas que amenazaban con caer en cualquier momento. Esos ojos eran de un verde tan profundo como cualquier bosque, con iris que fluían hacia un pozo sin fondo, brillando con juventud a pesar de las marcas de edad que los rodeaban. Malcolm tenía que saberlo, no podía marcharse sin saberlo.

—Es usted, ¿verdad? —preguntó.

Los ojos verdes se oscurecieron y el anciano inclinó la cabeza.

—No sé a qué se refiere —dijo en voz baja.

—Es Daniel —declaró Malcolm suavemente—. Tiene que serlo, pero ¿cómo es posible?

—Soy el viejo tejedor —protestó el anciano débilmente.

—Sus ojos son los mismos en los que he mirado con anterioridad —dijo Malcolm—. No pueden ser otros. Debe ser Daniel. Pero ¿cómo es posible?

—Le aseguro que...

—¿Es verdad lo que dicen? —preguntó Malcolm, arrodillándose de nuevo frente al hombre—. ¿Que usa la magia? ¿Que es un brujo?

El viejo tejedor apretó la boca en una línea, como si se estuviera obligando a no hablar. Al final, se rindió.

—Así lo llaman, sí.

—Pero si puedo creerme las historias, ha vivido muchas décadas, quizás siglos.

—Quizás.

—Y dicen que vive tanto llevándose las vidas de jóvenes. Usando su cuerpo y su sangre para alimentar su propia vida.

El tejedor apoyó la mano en el bastón y suspiró.

—Parecen saber mucho de las costumbres de las brujas.

—Pero si es verdad, ¿cómo es posible? No tiene sentido. El hombre maravilloso al que conocí anoche no es un ser de maldad o engaño. Es, con creces, un ser de belleza, que hace cantar al corazón de un hombre.

El viejo tejedor lo miró con los ojos llenos de dolor.

—Debe irse. Déjeme tranquilo.

Se enderezó y se levantó del taburete para girarse hacia la casa.

—No —exigió Malcolm—. Debe decirme si es la verdad.

El anciano negó con la cabeza.

—Ha de decidirlo usted mismo —murmuró.

Malcolm lo cogió del brazo y lo paró. Su mano era fuerte y, por un momento, se dio cuenta de lo frágil que era el anciano en realidad. Era como si pudiera romperse en pedazos con un solo paso en falso. El hombre se giró con dificultad para enfrentarse a Malcolm.

—Dígamelo —suplicó Malcolm.

—¿Quiere que le hable de corazones arrancados del pecho? —graznó el anciano—. ¿Quiere que le hable de cuerpos abiertos, almas jóvenes desperdiciadas? ¿Ese es el conocimiento que busca? Si quiere destruirme, adelante. Imagino que no le resultará difícil. Pero ahórreme la vergüenza de contarle un cuento.

Malcolm notó una presión en el pecho; sentía las lágrimas amenazando con brotar.

—¿Por qué, si es tan poderoso como para cambiar de forma a la luz de la luna de la cosecha, usaría sus poderes de esa forma?

El viejo tejedor le dio la espalda a la angustia de sus preguntas.

—Le he dicho que me deje tranquilo.

—¿Es simple vanidad? —soltó Malcolm—. ¿Querer vivir para siempre, ser inmortal?

—¿Vivir para siempre? —replicó el viejo tejedor. Soltó una risotada corta y seca, llena de amargura—. ¿Por qué querría vivir así? —Se soltó el brazo del agarre de Malcolm—. Roto, medio lisiado, la sombra de una persona. Apenas estoy vivo cuando respiro. ¿Y usted me habla de vivir para siempre?

—Entonces, ¿por qué? Debe explicarme por qué. No puedo reconciliar la idea de esos actos tan horribles con la ternura y el sufrimiento que encontré aquí hace apenas un día —dijo Malcolm. Levantó la cabeza y notó un nudo en la garganta, abrumado de repente por la verdad que no se había atrevido a reconocer—. ¿Y por qué, debo saberlo, se me perdonó la vida?

Su voz sonaba agotada, lo que claramente conmovió al viejo tejedor. Bajó la mirada, pensativo un momento.

—He de sentarme —dijo entrando a la cabaña—. Venga.

Malcolm encontró la casita igual que la había dejado. De hecho, parecía incluso más acogedora de día. Ya no ardía el fuego en el hogar y el sol entraba por los grandes ventanales, bañando todo el interior con un cálido brillo. La tela que colgaba del telar, que tan parecida al fuego del infierno le había resultado de noche, ahora era fría y suave a la luz del día, como las relajantes corrientes de un riachuelo.

El viejo tejedor se dejó caer en una de las sillas junto a la mesa y señaló la otra. Malcolm aceptó la invitación y se sentó frente a él. El tejedor se quedó en silencio un momento, con la vista fija en la piedra del frío hogar. Sus ojos se ensombrecieron y, cuando por fin empezó a hablar, su voz había perdido los graznidos y gruñidos de la edad. Habló con claridad, determinación, en voz baja.

—Thomas era al hombre más maravilloso que había visto nunca cuando llegó a nuestra aldea con su familia. Aunque sus parientes eran de los que se integraban con facilidad, él siempre fue más reservado e hizo pocos amigos. Yo fui el único. Congeniamos de inmediato y desarrollamos tal pasión por la compañía del otro que no importaba nada más. Y una noche, mientras yacíamos junto al fuego de mi hogar, me confesó sus poderes. Y sabía, me aseguró, que yo los poseía también. Desde luego que sí, como mis padres antes que yo, pero había hecho todo lo posible por esconderlo. Apenas había salido con vida cuando habían asesinado a mis padres y había pasado meses y meses recorriendo el país hasta encontrar este lugar en el que no se me conocía y me había asentado como tejedor. No era una existencia que quisiera abandonar tan fácilmente.

»Mi corazón se paralizó con el miedo y lo llamé mentiroso. Pero se rio de mí y me llevó al bosque, lejos de la aldea, donde me enseñó la verdad sobre sus habilidades. A partir de esa noche, bañados en la luz azul de la luna, nos hicimos inseparables. Se convirtió en mi aprendiz de tejedor, o eso le decía a cualquiera que preguntara, y vivíamos juntos en mi cabaña. Con el buen ánimo que sentía, mi talento empezó a florecer y mi reputación se extendió. Cualquiera que quisiera buenos tejidos preguntaba por mí. Pero la tía de Thomas, con quien había vivido antes, empezó a resentirse por nuestra felicidad. Siseaba horribles palabras sobre cómo vivíamos como marido y mujer y empezó a difundir todo tipo de habladurías y calumnias. Al final, basándose en las palabras de un predicador ambulante que contó en la aldea la historia de una familia de tejedores a la que habían colgado por confraternizar con las artes oscuras a un par de condados, su tía nos tiznó con la acusación de brujería. Si sabía de los talentos reales de Thomas, o si los compartía, nunca lo supe, pues al final no importó. La forma en la que vivíamos, tan juntos y tan obviamente enamorados, fue suficiente para despertar la sospecha y el desprecio en las mentes de los aldeanos, incluso en la de aquellos que nos contaban entre sus amigos. A los pocos días de sus venenosas palabras, toda la aldea nos cazó, persiguiéndonos desde nuestra casa hasta el bosque cual liebres salvajes destinadas a encontrar el cuchillo del carnicero.

»La noche de la luna de la cosecha, tan llena y brillante en el cielo, mientras huíamos de nuestro recién descubierto escondrijo, nos separamos. Mientras los aldeanos asaltaban el bosque, con el cielo nocturno casi tan claro como el día, corrimos y corrimos. Consiguieron encontrar a Thomas y yo me escondí en las sombras mientras se lo llevaban. Miré de lejos, con los pulmones casi estallando de gemidos de dolor que no podía dejar salir, cómo lo sometían a la ordalía del agua. No pude hacer nada; no hice nada. Me convertí en la nada en esas sombras. Cuando le ataron una cuerda a la cintura y lo tiraron al río salvaje, me quedé callado. Un cobarde paralizado en los arbustos.

Terminó de hablar y se quedó en silencio. Cerró los ojos y bajó la cabeza. Malcolm notaba las lágrimas calientes en sus propios ojos y quería rodear al hombre con los brazos para reconfortarlo. Antes de que pudiera hacerlo, el tejedor empezó a hablar de nuevo, con los ojos todavía cerrados.

—Dejaron su cuerpo sin vida en una gran piedra a la orilla del río. Al morir había superado la ordalía con su muerte, por lo que los aldeanos decidieron que el brujo era yo. Como un aluvión de jabalíes salvajes, gruñeron y se pusieron en marcha de nuevo, con lo que me vi obligado a correr y ocultarme lo que duró la noche. Por fin, al amanecer, justo cuando el sol empezaba a asomar por el horizonte, regresaron a la aldea a descansar. Volví al bosque, pero encontré la piedra vacía. Lo único que allí había era la alianza de plata, con un serbal tallado, que nunca desaparecía de la mano de Thomas. Y así supe que no había muerto, que había escapado de alguna forma. Así que tomé el anillo e hice una promesa silenciosa de que lo encontraría. De que seguiría buscando hasta que pudiéramos reunirnos.

El tejedor levantó la cabeza y se rebuscó en la túnica para sacar el anillo que Malcolm reconoció de la noche anterior.

—Todos estos años —dijo— he vivido para encontrarlo de nuevo. Usar mis poderes para tomar el cuerpo y la sangre de jóvenes era solo para poder vivir otro año, para buscarlo, viajando por el país, para un día poder reunirme de nuevo con él, con mi Thomas. Estoy tan cansado, tan viejo y agotado, que viajar es un lastre. Pero no podía abandonar mis esperanzas.

Malcolm notó las lágrimas cayéndole por las mejillas.

—Pero después de todo este tiempo... —dijo—. Es imposible que siga con vida.

—Y, sin embargo, yo sigo con vida —dijo el tejedor con vehemencia.

—Pero ¿a qué precio? —replicó Malcolm—. ¿Podría ser que no sobreviviera y que solo quedara ese anillo? Has dedicado tu vida a encontrarlo, pero el país no es tan grande. No concibo que, si una vez conoció el amor de Daniel, no te buscara con tanta pasión como tú lo has buscado.

—Entonces he vivido para nada —graznó el anciano—. Para nada.

La luz abandonó los ojos del hombre, que dejó caer el anillo. Le reposó en el pecho cuando él se desplomó en la silla.

Malcolm se abalanzó y se arrodilló frente a él, tomándole las manos.

—No desesperes —dijo, pero no obtuvo respuesta.

Malcolm le levantó la barbilla. El hombre no le devolvió la mirada.

—Daniel —dijo Malcolm con suavidad—. Ay, Daniel. No me dejes tan pronto.

Daniel lo miró, con los ojos inundados de lágrimas.

—El amor, querido Colmy, —dijo, su voz apenas un susurro— es lo único que he buscado en la vida.

—Y quizás lo hayas encontrado.

Malcolm se inclinó hacia delante y posó sus labios sobre los del tejedor. Al principio notó resistencia, pero, al final, el hombre cedió. Malcolm cerró los ojos y lo besó profundamente, notando el calor de su lengua contra la del otro, deslizando su mano con cuidado por el cuello del tejedor y acariciándole la nuca. Perdido en la calidez de su pasión compartida.

Cuando se separó, no podía creer lo que veía.

Ante sus ojos estaba Daniel. No el viejo tejedor, cuyos labios acababa de besar, sino Daniel como lo había conocido la noche anterior. Su cuerpo lleno de vida y fuerza, su cabello rojo abundante y brillante, su semblante libre de líneas y marcas, salvo aquellas dejadas por las lágrimas que le caían por las mejillas.

—Ay, Daniel —exclamó Malcolm, llevándose las manos del otro hombre a los labios para besarlas.

Cuando Daniel lo vio, se acercó las manos y las estudió. Perplejo, sus ojos buscaron los de Malcolm.

—¿Soy...? —tartamudeó—. ¿Podría ser...?

—Sí —gritó Malcolm con las lágrimas cortando la risa—. Eres joven de nuevo.

Daniel se llevó las manos a la cara y las movió, tocándose la piel, los labios, pasándose los dedos por el pelo. Sus ojos, más brillantes que nunca, refulgían de alegría.

—Hubo un motivo, entonces, para que me salvaras la vida —dijo Malcolm—. Para que no consiguieras sacrificarme por otro año de vida. Para que abandonaras tu búsqueda de Thomas.

La expresión de Daniel era una mezcla de júbilo y dolor.

—No podía decirlo —dijo, cogiendo aire—. No podía admitirlo. No podía ni pensar que fuera real.

—Mi Daniel, es verdad. Has encontrado el amor, al final. Y ahora parece que se ha roto algún tipo de maldición.

—Pero ¿cómo es posible? —preguntó Daniel—. ¿Cómo puedes amarme también, después de todo lo que te he contado, de todas las cosas horribles que he hecho?

—Quizás no debería —admitió Malcolm—. Pero lo hago. Quizás porque este mundo es un lugar cruel. Lo único que buscabas era el amor y, a cada recodo del camino, te lo arrebataban, te lo robaban, lo destruían. Aun así encontraste una manera de seguir viviendo, para así volver a encontrarlo, de alguna manera, de alguna forma. Quizás no es hermoso, pero es la vida, y ahora tienes, tenemos, una nueva oportunidad de vivirla.

—¿Y si vuelven a venir? —preguntó Daniel, sin aliento—. ¿Para volver a destruirnos?

—Nadie te destruirá, ni a nuestro amor, nunca más. Me aseguraré de ello —declaró Malcolm.

Posó las manos en el rostro de su querido pelirrojo y juntó sus labios, besándolo y ya soñando en los días futuros.

Fueron felices juntos muchos, muchos años futuros en Farrington Hall.

Daniel abandonó su telar, pues le recordaba demasiado a los muchos años que había pasado enredado en su búsqueda por la vida eterna. Al final, volvió a las artes curativas que su madre le había enseñado y se le conoció en todo el país por su habilidad para curar las dolencias y asistir en partos tan bien como cualquier mujer.

Aunque nunca hablaran del pasado, Malcolm nunca olvidó esa primera noche predestinada en la cabaña del tejedor, su hogar resplandeciendo como un faro, una guía a un lugar nuevo y por descubrir.

Nunca volvieron a ver la aldea. Ni siquiera al hacer el mismo recorrido de ida y vuelta a la finca de su tía abuela. Ni siquiera cuando, más adelante, habían construido las vías del tren y su hermana había heredado esa finca, con lo que sus visitas pasaron a ser para verla a ella. Incluso cuando se colocó una parada de tren apenas a tres kilómetros de donde debería haber estado la aldea, nunca vieron pruebas de su existencia. El vendedor de billetes, el conductor, la mujer de la zona que vendía flores en el andén... nadie sabía nada de una aldea en ese bosque cercano, con árboles inclinados como grandes columnas, a pesar de las preguntas puntuales de Malcolm. Daniel nunca hablaba de aquel lugar, ni, de hecho, del pasado en general. Y Malcolm nunca le preguntaba. No fue hasta que el tinte gris de la edad empezó a aparecer en la sien rojiza de Daniel, cuando Malcolm se dio cuenta de que ni siquiera había llegado a preguntar nunca por el nombre de aquel lugar que parecía haber desaparecido. Era casi como si la vida de Daniel hubiera empezado el día que Malcolm lo había subido al lomo de Grannus, a la puerta de la cabaña del tejedor, y habían seguido el camino que salía del bosque sin mirar atrás.

Aunque a veces, mientras el gran tren a vapor traqueteaba sobre las vías, Malcolm descubría a Daniel mirando por la ventana del tren, sus ojos fijos en el terreno donde habría estado la aldea, y Malcolm veía melancolía aparecer en su expresión. Pero entonces Daniel se giraba hacia Malcolm, sonreía ampliamente, y la melancolía desaparecía.

Malcolm tomaba a Daniel de la mano y le daba un apretoncito.

Y, si no había nadie cerca, quizás levantara esa misma mano y le regalara un beso.

Nota del autor

¡Gracias por leer! Si tienes tiempo de compartir lo que opinas con otros lectores en una reseña de este u otro de los libros de Joshua Ian, lo apreciaría mucho. Las reseñas ayudan a aumentar la visibilidad, que es de vital importancia para los autores independientes. No dudes en dejar tu opinión en Goodreads, Bookbub, Amazon o donde sea que compartas, escribas sobre libros o compres.

Sobre el autor

A **Joshua Ian** se lo puede capturar fácilmente con un comentario ingenioso o una línea de bajo electrónica grave. Si consigues combinar las dos, tienes su corazón para siempre. Vive en Nueva York, es amante del cine  y se autoproclama Experto en Chocolate Negro. Cuando no está mirando una pantalla en blanco y maldiciendo la futilidad de la vida, se le puede encontrar viendo series de misterio cucas, soñando despierto con su futura colección de caftanes o explorando librerías de segunda mano para acumular más romances y misterios vintage de los que sus estanterías pueden soportar en realidad. Un día pretende recorrer el mundo; ver lo que cada país tiene que ofrecer en libros de segunda mano, cines y chocolate negro, evidentemente.

Website
moodyboxfan.com
Goodreads
https://www.goodreads.com/joshuaian
Facebook
Twitter
https://twitter.com/joshuaianauthor
Instagram
https://www.instagram.com/moodyboxfan/
Bookbub
https://www.bookbub.com/authors/joshua-ian

Email: joshuaianauthor@gmail.com

Otros Libros de Joshua Ian

A brand new historical romance series by Joshua Ian published by Dragonblade Publishing!
Set in Hartridge & Casas, a luxury department store, in Edwardian London.
'The Departments of Love' series features a colorful cast of recurring characters, with each book centering on a different couple, all employees at the store.
Catering to Love (Departments of Love, Book 1)
Fitted to Love (Departments of Love, Book 2) – Coming Soon!
Stages of Love (Departments of Love, Book 3) – Coming Soon!

THE DARKLY ENCHANTED ROMANCE SERIES
The Harvest Moon
The Ghost of Hillcomb Hall
Manchester Lake
Short Stories
All Tall Flowers: A Historical Romance Short
Grave Songs for the Dead: A Short Story Cycle
Gingerbread: A Dark Fiction Short Story
the 1 train: Glimpses of New York City

Copyright

Traducción al español Copyright © 2023

Traducción: Ana Compañy Martínez
anacompanymartinez@gmail.com

Imagen de portada de Dar Albert, Wicked Smart
Designs
https://www.wickedsmartdesigns.com/

MOODY BOXFAN
BOOKS